紅樓夢古抄本叢刊

俄羅斯聖彼得堡藏

# 石頭記

【六】

人民文學出版社

# 石頭記第六十七回

## 餽土物顰卿念故里
## 訊家童鳳姐蓄陰謀

話說尤三姐自戕之後尤老娘以及尤二姐賈珍尤氏並賈蓉賈璉等聞之俱各不勝悲慟傷感自不必説忙着人治買棺木盛殮送往城外埋葬却說柳湘蓮見尤三姐身亡迷性不悟尚有痴情眷戀被道人數句偈言打破迷關竟自削髮出家跟隨瘋道飄然

而去不知何往後事暫且不表且說薛姨媽聞知湘蓮已說定了尤三姐為妻心甚喜悅正自高〻興〻要打算替他買房屋治踞用辦粧奩擇吉日好娶過門等事以報他救命之恩忽有家中小厮見薛姨媽告知尤三姐自戕與柳湘蓮出家的信息心甚歎息正自猜疑是為什庅原故時值寶釵從園子里過來薛姨媽便對寶釵說道我的兒你聽見了沒有你珍大嫂子的妹〻尤三姐他不是已經許定了給你哥

哥的義弟柳湘蓮的這也很好不知為什庅尤三姐自刎了柳湘蓮也出了家了真正奇怪的事叫人意想不到寶釵聽了並不在意便說道俗語說的好天有不測風雲人有旦夕禍福這也是他們前生命定活該不是夫妻媽所為的是因有救哥哥的一段好處故諄諄感歎如果他二人齊齊全全的媽自然該替他料理如今死的死了出家的出了家了依我說也只好由他罷了媽也不必為他們傷感損了自己的

身子到是自從哥〻起江南回來了一二十日販了來的貨物想來也該發完了那同伴去的夥計們辛苦〻的來回幾個月媽同哥〻商議商議也該請一請酬謝酬謝纔是不然倒叫他們看着無禮似的母女正說之間見薛蟠自外而入眼中尚有淚痕未干一進門便向他母親拍手說道媽可知道柳大哥尤三姐的事麽薛姨媽說我在園子里聽見大家議論正在這里纔合你妹子說這件公案呢薛蟠說這

事可奇不奇薛姨媽說可是椰相公那樣一個年青
聰明的人怎麼就一時糊塗跟着道士去了呢我想
他前世必是有夙緣的有根基的人所以纔容易聽
得進這些度化他的話去想你們相好了一場他又
無父母兄弟隻身一人在此你也該各處找一找才
是靠那跏足道士瘋瘋癲癲的能往那里遠去左不
過是在這方近前左右的廟裡寺裡躲藏着罷咧薛蟠
說何常不是呢我一聽見這個信兒就連忙帶了小

厮們在各處尋找去連個影兒也沒有又去問人閘人都説不曾看見我因如此急的沒法惟有望着西北上大哭了一場回來了説着説着眼圈兒又紅上來了薛姨媽説你既然找尋了沒有把你作朋友的心也盡了焉知他這一出家不是得了好處去呢你也不必太過慮了一則張羅張羅買賣二則你把你自己娶媳婦應辦的事情到是早些料理料理咱們家里沒人手兒竟是笨雀兒先飛省得臨期丢生忘

四的不齊全令人笑話再者你妹〻才說你也回家
半個多月了想貨物也該發完了同你作買賣去的
伙計們也該設桌酒席請〻他們酬〻勞乏總是他
們故然是咱家約請的吃工食勞金人到底也算是
外客又陪着你走了一二千里的路程受了四五個
月的辛苦而且在路上又替你担了多少的驚怕況
重薛蟠聞聽說媽說的狠是妹〻想的週到我也這
樣想着來着只因這些日子為各處發貨鬧的頭暈

又為鄉大哥的親事又忙了這几日反到落了一個
空白張羅了一會子到把正經事都悮了要不然就
定了明兒後兒下帖子請請罷薛姨媽說由你辦去
罷說畢末了外面小厮回說張管總的伙計着人送
了兩個箱子來說這是爺各自買的不在貨帳裡面
本要早送來因貨物箱子壓着未得拿昨日貨物發
動完了所以今兒纔送來了一面說一面又見兩個
小厮搬進了兩個夾板夾的大棕箱來薛蟠一見說

噯喲可是我怎麼就糊塗到這一步田地了特〻的給媽合妹子帶來的東西都忘了沒拿了家里來還是夥計送了來了寶釵說虧你才說還是特〻的帶來的還是這樣放了一二十日才送來若不是特〻的帶來必定是要放到年底下才送進來呢你也諸事太不留心了薛蟠說想是我在路上叫人把魂唬吊了還沒歸殼呢說着大家笑了一陣便向回話的小厮說東西收下了叫回去罷薛姨媽同寶釵忙問

是什庅好東西這様細着夾着的便命人挑了繩子去了夾板開了鎖看時却是些紬緞綾錦洋貨等家常應用之物獨有寶釵他的那個箱子裡除筆墨硯各色箋紙香袋香珠扇子扇墜粉胭脂頭油等物外還有虎邱帶來的自行人酒令兒水銀灌的打金斗的小小子沙子燈一齣一齣的泥人兒的戲用青紗罩的匣子裝着又有在虎邱山上作的薛蟠的像泥捏成與薛蟠毫無相差以及許多碎小頑意兒的東

西寶釵一見滿心歡喜便叫自已使的了鬟來吩咐
你將我的這個箱子與我拿了園子裡去我好就近
從那邊送〻人說着便站起身來告辭母親往園子
里來了這里薛姨母將自已這個箱子里的東西取
出一分一分的打點清楚着同喜丫頭送往賈母並
王夫人等處去不講且說寶釵隨着箱子到了自已
房中將東西逐件逐件的過了目除將自已留用外
遂一分一分配合妥當也有送筆墨紙硯的也有送

香袋扇子香墜的也有送脂粉頭油的也有单送頑意兒的酌量其人分辦只有黛玉與別人不同比衆人加厚一倍一〻打點完畢使鶯兒同一老婆子跟着送往各處其李紈寶玉等以及諸人不過收了東西賞賜來使皆說些見面再謝等語而已惟有林黛玉他見江南家鄉之物反自觸物傷情因想起他的父母來了便對着這些〻東西揮淚自歎暗想我乃江南之人父母雙亡又無兄弟隻身一人可憐寄居外

祖母家中而且又多疾病除外祖母以及舅母姐妹
看問外那里還有一個姓林的親人來看望看望給
我帶些土物來使我送々人粧々臉面也好可見人
若無至親骨肉手足是最寂寞極冷清極寒苦沒趣
味的想到這里不覺就大傷起心來了紫鵑他乃服
侍黛玉多年朝夕不離左右的深知黛玉的心腹他
為見了江南故土之物因感動了心懷追思親人的
原故但不敢説破只在一旁勸道說姑娘的身子多

病早晚尚服丸藥這兩日看着不過比那些日子畧
飲食好些精神壯一點兒還筭不得十分大好今兒
寶姑娘送來這些東西可見寶姑娘素日看姑娘甚
重姑娘看着該歡喜才是為什庅反到傷感這不是
寶姑娘送東西為的是呌姑娘歡喜這反到是招姑
娘煩惱了不成若令寶姑娘知道了庅怎臉上下的
來呢再姑娘也要細想一想老太〻太〻們為姑娘
的病症千方百計請好大夫胗脉配藥調治所為的

是的姑娘的病急好這如今該好些又這樣哭〻啼
〻的豈不是自已遭塌自已的身子不肯叫老太〻
看着歡喜難道說姑娘這個病不是因素日從憂慮
過度上傷了氣血多了得的麼姑娘的千金貴體別
已〻自看輕了紫鵑正在這里勸鮮黛玉只聽見小丫
頭子在院内説寶二爺來了紫鵑忙説快請話猶未
畢只見寶玉已進房來了黛玉讓坐畢寶玉見黛玉
泪痕滿面便問妹〻又是誰得罪了你了你兩眼都

哭的紅了是為什庅黛玉不回答傍邉紫鵑将嘴向
床里一扭寶玉會意便往床里一看見堆着許多東
西就知是寶釵送來的便笑着取笑説道好東西想
是妹〻要開雜貨鋪庅擺着這些東西作什庅黛玉
只是不理紫鵑説二爺還提東西呢因寶姑娘送了
些東西來我們姑娘一看就傷心哭起來了我正在
這里好勸歹勸總勸不住呢而且又是才吃了飯若
只管哭大發了再吐了犯了舊病可不叫老太〻罵

死了我們庅到是二爺來的狠好替我們勸一勸寶
玉他本是聰明人而且一心總留意在黛玉身上最
重所以深知黛玉之為人心細心窄而又多心要强
不落人後因見了人家哥哥自江南帶了東西來送
人又係故鄉之物勾想起別的痛腸來是以傷感是
寔這是寶玉他心裡揣摹黛玉心的病寶玉却不肯
明明說出恐黛玉越發動情乃笑道你們姑娘的原
故不為別的為的是寶姑娘送來的東西少所以生

此頁原缺

氣傷心妹〻你放心等我明年往江南去與你多〻

的帶兩舡來省得你淌眼抹泪的黛玉聽了這話不
由的噗的一聲笑了忙說道我凴他怎麽沒見過世
面也到了不這一步田地上因送的東西少就生氣傷
心我也不是三兩歲的小孩子你也特把人看的平
常小氣器了我有我的原故你那里知道說着說着眼
泪又流下來了寶玉忙移至床上挨黛玉坐下將那些
東西一件一件的拿起來擺弄着細瞧故意問這是

什庅叫什庅名子那是怎庅作的這樣齊整這是什
庅要他作什庅使用妹〻你瞧這一件可以擺在書
閣兒上作陳設放在條案上當古董兒到好呢一味
的將這些〻沒要緊的話來支吾搭訕了一會黛玉見
寶玉那些獃樣子問東問西的招人可笑稍將煩惱
丢開畧有些喜笑之意寶玉見他有些喜色便說道
寶姐〻送東西來給咱們我想着咱們也該到他那
里道個謝去才是不知妹〻可去不去黛玉原不愿

意為送些些東西來就特特的道謝去不過一時見了
說一聲就完了今被寶玉說得有理難以推托無奈
只得同寶玉去了這且不提且說薛蟠聽了母親之
言急忙下請帖置辦酒筵張羅了一日果于次日三
四位夥計俱各到齊未免說了些些店內發貨賬目之
事畢列席讓坐薛蟠與各位奉酒酬勞裡面薛姨媽
又着人出來致謝道乏畢內有一位問道今日席上
怎庅少柳大哥不出來想是東家忘了沒請庅薛蟠

聞聽把眉一皺嘆了一口氣説道休提休提想來衆
位不知深情若説起此人真〻可嘆于一二日前忽
被一個瘋道士度化的出了家跟着他去了你們衆
位聽一聽可奇不奇衆人説道我們在店内也聽見
外面人吵嚷説有一個道士三言兩語把一個俗家
子弟度了去了又聞説一陣風刮了去了又説駕着
一片雲彩去了紛〻議論不一我們也因發貨事忙
那里有工夫當正經事也没去細問細打聽到好今

還是似信不信的今聽此言那道士度化的原來就
是柳大哥麽早知早知是他我們大家也該勸解勸
解任他怎麽也不容他去嗳又少了一個有趣兒的
好朋友了寔〻在〻的可惜可歎也怨不得東家你
心里不爽快想他那樣一個伶俐人未必是真跟了
道士去罷柳大哥他會些武藝又有力量或者看破
了道士有些什麽妖術邪法的破綻出來故意假跟
了他去在背地里擺佈他也未可知薛蟠說誰知道果

能如此到好罷咧世上也少一個妖言惑衆的人了
衆人說難道你知道了的時候也沒尋找他去不成
薛蟠說城裡城外那里沒有找到因找了不見不怕
你們笑話我還哭了一場呢言畢只是長吁短嘆無
精打彩的不像往日高興頑笑讓酒暢飲席上雖設
了些鴿鵝魚鴨仙珍海味美品佳餚怎奈東家皺眉
嘆氣衆伙計看此光景不便久坐不過隨便喝了几
中酒吃了些飯食就都散了這也不提且說寶玉拉

了黛玉至寶釵處來道謝彼此見面未免說几句客言套語黛玉便對寶釵說道大哥〻辛〻苦〻的能帶了多少東西來擱的住送我們這些處你還剩什庅呢寶玉說可是這話呢寶釵笑說東西不是什庅好的不過是遠路帶來的土物兒大家看着畧覺新鮮似的我剩不剩什庅要緊我如今果愛什庅今年雖然不剩明年我哥〻去時再叫他給我帶些個來有什庅難呢寶玉聽說忙笑道明年再帶了什庅來

我們還要姐〻送我們呢可别忘了我們黛玉說你要你只管說你要不必拉扯上我們不我們的字眼姐〻睄寶哥〻不是給姐〻來道謝竟是又要定下明年的東西來了寶玉笑說我要出來難道沒有你一分兒不成你不知道那着說反到說起這散話來了大家聽了笑了一陣寶釵問你二人如何來的這樣巧是誰會誰去的寶玉說休題我因姐〻送我東西想來林妹〻也必有我想要來道謝想林妹〻也

必來道謝故此我就到他房里會了他一仝要往這
里來誰知到了他家他正在屋里傷心落淚也不知
是為什庅這樣愛哭寶玉剛說到落淚二字見黛玉
瞪了他一眼恐他往下還說寶玉會意隨即便換過
口來說道林妹〻這几日因身上不爽快恐怕又病
板嘴故此着急落淚我勸解了一會子才來了一則
道謝二則省的一個人在房里坐着只管發悶寶
釵說妹〻怕病悶固然是正理也不過是在那飲食

居穿脱衣服冷熱上加些小心就是了為什庅傷起心來呢妹〻你難道不知傷心難免不傷氣血精神把要緊的傷了反到要受病的麽呢妹〻你細想〻黛玉説姐〻説的狠是我何常自己不知道呢只因我這几年姐〻是看見的那一年不病一兩塲病的我怕〻的了見了藥吃了見効不見効一聞見先就頭疼發悪心怎庅不叫我怕病呢寶釵説雖然如此説却也不該傷心到是覺着身上不爽快反自己勉

強拃掙着出來各處走走瞧瞧把心鬆散鬆散比在屋里悶坐着還强呢傷心是自已添病的大毛病我那兩日不是覺着發懶渾身乏倦只是要歪着心里也是為時氣不好怕病因此偏牛着他些尋事情作作一般里也混過去了妹妹別惱我說越怕越有鬼寶玉聽說忙問道寶姐姐鬼在那里呢我怎麽看不見一個兒惹得衆人鬨聲大笑寶釵說道獃小爺這是比語的話那里真有鬼呢認真的果有鬼你又該

駭哭了黛玉因此笑道姐〻說的很是很該說他誰叫他嘴快寶玉說有人說我不是你就樂了你這會子心里也不懊惱了偺們也該走罷于是彼此又說笑了一回二人辭了寶釵出來寶玉仍把黛玉送至瀟湘館門首自己回家這且不提且說趙姨娘因見寶釵送環哥之物忙忙接下心中甚喜滿口誇獎人人都說寶姑娘會行事很大方今日看来果然不錯他哥哥能帶了多少東西来他挨家送到並不遺漏

一處也不露出誰薄誰厚連我們搭拉嘴子他都想
到寔在的可敬若是那林姑娘也罷麽也沒人給他
送東西帯什麽来即或有人帯了来他也只是揀着
那有勢力有体面的人頭兒跟前才送去那里还臨
的到我們娘兒們身上呢可見人會行事真真的露
着另別另樣的好趙姨媽因環哥兒得了東西深為
得意不住的托在掌上擺弄腑看一回想寶釵乃係
王夫人之表姪女特要在王夫人跟前賣好兒自已

叠叠歆歆的拿着那東西走至王夫人房中站住一
傍說道这是他寶姑娘才給環哥他兄弟送来的他
年輕輕的人想的週到我還給了送東西的小丫頭
二百錢听見說姨太太也給太太送来了不知是什
庅東西你們瞧瞧这一個門里頭这就是兩分兒能
有多少呢怪不的老太太同太太都誇他疼他果然
招人愛說着將抱的東西遞過去與王夫人瞧誰知
王夫人頭也沒抬手也沒伸只口內說了一声好給

環哥兒碩罷咧並無正眼看一看趙姨娘因招了一
鼻子灰滿肚氣惱無精打彩的回至自己房中將東
西丟在一邊說了許多的勞兒三巴兒四不着要的
一套閑話也無人問他他却自己咕嘟着嘴一邊子
坐着可見趙姨娘為人小器糊塗饒得了東西反說
許多令人不入耳生厭的閑話也怨不得探春生氣
看不起他閑話休題且說寶釵送東西的丫頭回来
說也有道謝的也有賞賜的獨有給巧姐兒送的那

一分兒仍舊拿回來了寶釵一見不知何意便問為
什麽这一分兒沒送去呢還是送了去沒收呢鶯兒
說我方才給環哥送東西去的時候見璉二奶奶往
老太太房里去了我說璉二奶奶不在家知道交給誰
呢所以沒有送去寶釵說你也太糊塗了二奶奶不
在家難道平兒豐兒也不在家不成你只管交給他
們收下等璉二奶奶回來自有他們告訴就是了必
定要你當面交給才算麽鶯兒听了復又拿着東西

出了園子往鳳姐處去在路上走着便對拿東西的老婆子説早知道一就事兒送去不完了省得又跑這一淌老婆子説閑着也是白閑着借此出來曠曠也好罷咧只是姑娘你今日來回各處走了好些路兒想是不慣乏了咱們送了這個可就完了一打總兒再歇着二人説着話兒到了鳳姐處送了東西回來見寶釵寶釵問道你見了璉二奶奶没有鶯兒説我没有見寶釵説想是二奶奶還没回來麽丫頭説

回是回來了因豐兒對我說璉二奶〻自老太〻屋
里回房來不似往日歡天喜地的一臉的怒氣叫了
平兒去唧〻咕〻的說話也不叫人聽見連我都攆
出來了你不必去見等我替你回一聲兒就是了因
此便着豐兒他拿進去回了出來說二奶〻說給你
們姑娘道生受了我們一吊錢不我就回來了寶釵
聽了自已納了一會子悶也想不出鳳姐是為什庅
有氣這也不表且說襲人見寶玉便問你怎庅不曠

就回來了你原說約着林姑娘你們兩個同到寶姑
娘處道謝去可去了没有寶玉說你别問我原說是
要會着林姑娘同去的誰知到了家他在房里守着
東西狠々的不自在呢我也知道林姑娘的那些原々
故々的又不好直問他又不好說他只粧不知道兒
搭訕着說别的寬解了他一會子才好了然後方拉了
他同到了寶姐々那里道了謝說了一會子閑話方
散了我又送他到家我才回來了襲人說你看送林

姑娘的東西比送你的是多是少還是一樣呢寶玉
說比送我的多着一兩倍呢襲人說這才是明白人
會行事寶姑娘他想別的姐妹等都有親的熱的跟
着有人送東西惟有林姑娘離家二三千里的遠又
無有一個親人在這里那有人送東西况且他們兩
個不但是親戚還是干姐妹難道不你知道林姑娘
去年曾認過薛姨太〻作干媽的論理多給他些也
是該的寶玉笑說你就是會評事的一個公道老兒

説着話兒便吽小丫頭取了拐枕來要在床上歪着襲人説你不出去了我有一句話告訴你寶玉便問什庅話襲人説素日璉二奶〻待我狠好你是知道的他自從病了一大塲之後如今又好了我早就想着要到那里看〻去只因為璉二爺在家不方便始終總没有去聞説璉二爺不在家你今日又不往那裡去而且初秋天氣不冷不熱一則看二奶〻盡個禮省得日後見了受他的数落二則借此也曠一曠

你同他們看着家我去〻就來晴雯說這却是該的
難得這個巧空兒寶玉說我才為他議論寶姑娘誇
他是個公道人這一件事行的又是一個週到人了
襲人笑道好小爺你也不用誇我你只在家同他們
好生頑好歹別睡覺看睡出病來又是我担沉重寶
玉說我知道了你只管去罷言畢襲人遂到自己房
里換了兩件新鮮衣服拿着把兒鏡照着抿了抿頭
匀了匀臉上脂粉步出下房復有囑咐了晴雯麝月幾

句話便出了怡紅院來至沁芳橋上立住往四下里觀看那園中的景致時至秋令秋蟬鳴于樹草虫鳴于野見這石榴花也開敗了荷葉也將殘上來了到是芙蓉近着河邊都發了紅鋪〻的咕嘟子襯着碧綠的葉兒到令人可愛一壁里瞧一着壁里下了橋不遠迎見李紈房里使換的丫頭素雲跟着個老婆子手里捧着一個洋漆盒兒走來因見襲人便問往那里去送的是什麽東西素雲説這是我們奶〻給

三姑娘送去的菱角鷄頭襲人説这個東西還是咱們園子里河内採的還是外頭買来的呢素雲説这是我們房里使喚的劉媽媽他告假瞧親戚去帶来的孝敬奶奶因三姑娘在我們那里坐着看見了我們奶奶叫人剥了讓他吃他説才喝了熱茶了不吃一會子再吃罷故此給三姑娘送了家去言畢各自分路走了襲人遠遠的看見那邊葡萄架底下有一個人拏着担子在那里動手動脚的因迎着日光看

不真切至離的不遠那祝老婆子見了襲人便笑嘻嘻的迎上来説道姑娘今日怎庅得工夫出来閒曠往那里去襲人説我那里還得工夫来曠我往璉二奶奶家瞧瞧去你在这里作什庅呢那祝婆子説我在这里赶螞蜂呢今年三伏里的雨水少不知怎庅这庅[些]菓木樹上長虫子把菓子吃的吧拉眼睛的吊了好些下来可惜了兒的白仍了就是这葡桃[萄]剛成了珠兒怪好看的那螞蜂蜜蜂兒蒲蒲的圍着来[illegible][宗]

都咬破了这還罷了喜鵲雀兒他也来吃这個葡桃（萄）
還有这一個毛病兒無論雀兒虫兒一嘟嚕上只咬
破三五個那破的水淌到好的上頭連这一嘟嚕
都是要爛的这些雀兒螞蜂可惡着呢故此我在这
里趕姑娘你睄咱們說話的空兒沒趕就踪了許多
上来了襲人說你就是不住手的趕也趕不了許多
你剛趕这里那里又来了到是告訴買辦說叫他多
多的作些冷布口袋来一嘟嚕一嘟嚕的套上免得

免得翎禽草虫遭蹋而且又透風揑不壞婆子笑道
到是姑娘說的是我今年才管上那里就知道这些
巧法兒呢襲人說如今这園子里这些菓品有好些
種到是那樣先熟的快些老祝婆子說今方入七月
的門菓子都是才紅上来要是好吃想来還得月盡
頭兒才熟透了呢姑娘不信我摘一個給姑娘嚐嚐
襲人正色說道这那里使得不但沒熟吃不得就是
熟了一則沒有供鮮二則主子們尚然沒吃咱們如

何先吃得呢你是这府里的陳人難道連这個規矩
也不曉得広老婆子忙笑道姑娘說得有理我因為
姑娘問我我白这樣說口内暗說道勾了我方才幸
虧是在这里趕螞蜂若是順着手見摘一個嚐嚐叫
他看見還了得了襲人說我方才告訴你要口袋的
話你就回一回二奶奶叫管事的去(作)罷言畢遂一直
的出了園子的門就到鳳姐这里来了正是鳳姐與(平)
見議論賈璉之事因見襲人他是輕易不来之人又

不知是有什么事情便連忙止住話語勉强帶笑説道貴人從那陣風兒刮了我們這個賤地来了襲人笑説我就知道奶奶見了我是必定要先麻𠶖我一頓的我有什麽説呢但是奶奶欠安本心墊着要過来請請安頭件㨗二爺在家不便二則奶奶在病中又怕嫌煩故未敢来想奶奶素日疼愛我的那個分兒上自必是体諒我再不肯惱我的鳳姐兒笑道寶兄弟屋里雖然人多也就靠着你一個兒照看也實

在的離不開我嘗听見平兒告訴我說你背地里還惣着我常問我听見就很喜歡的什庅似的今日見了你我還要給你道謝呢我還捨得麻犯你嗎我的姑娘襲人說我的奶奶若是这樣說这就是真疼我了鳳姐拉了襲人的手讓他坐下襲人那里肯坐讓之再三方在挨炕沿脚踏上坐了平兒忙自己端了了茶来襲人說你叫小人兒們端罷劳動姑娘我到不安一面站起接過茶来吃着一面回頭看見床沿

上放着一個活計筬籮兒内裝着一個大紅洋錦的
小兜肚襲人說奶奶一天七事八事的忙的不了還
有工夫作活計広鳳姐說我本来就不會作什広如
今病了才好又着煎家務事鬧個不清那里還有功
夫作这些呢要緊的我都丢開了这是我往老
太太屋里請安去正遇見薛姨太太送老太太这個
洋錦老太太說这個花紅柳緑的到對給小孩子們作
小衣小裳兒的穿着到好稹呢因此我就問老祖宗

討了来了還惹的老祖宗說了好些頑話說我是老
太太的命中小人見了什麽要什麽見了什麽拿什
麽惹得衆人都笑了你是知道我是臉皮兒厚不怕
說的人老祖宗只管說我只管裝听不見拿着走所
以才交給平兒先給巧姐兒作件小兠肚穿着頑剩
下的等消閑有工夫再作别的襲人听畢笑道也就
是奶奶才能勾逼的老祖宗喜歡罷呢咧伸手拿起来
一看便誇道果然好看各樣顔色都有好材料也須

得这樣的巧手的人才對児又是巧姐児他穿的抱了出去誰不多看一看又問道巧姐児那里去了我怎広这半日沒見他平児說方才寶姑娘那里送了些〻頑的東西来他一見了很希罕就擺弄着頑耍了好一會子他奶媽児才抱了出去想是乏了睡覺去了襲人說巧姐児比先前自然越發會頑了平児說小臉旦手吃的銀盆似的見了人就趕着笑再不得罪人真真是我們奶奶的解悶的寶貝疙瘩児鳳姐

便問寶兄弟在家作什庅呢襲人笑道我才是求他同晴雯他們看家我才告了假来了可是呢只僱說話我也来了好大半天了要回去了别叫寶玉在家里報怨說我屁股沉到那里就坐住了說着便立起身来告辭回怡紅院来了这也不題且說鳳姐見平見送出襲人回来復又把平兒叫入房中追問前事越說越氣說道二爺在外邊偷娶老婆你說你是听見二門上的小小廝們說的到底是那一個說的呢

平兒説是旺兒他説的鳳姐便命人把旺兒叫来問道你二爺在外邊買房子娶小老婆你知道庅旺兒説小的終日在二門上听差如何知道二爺的事这是听見興兒告訴的鳳姐説興兒是幾時告訴你的旺兒説還是二爺没起身的頭里告訴我的鳳姐又問興兒在那里呢旺兒説興兒在新二奶奶那里呢鳳姐聞听滿腔怒氣啐了一口罵道下作猴兒崽子什庅是新奶奶舊奶奶你就是私自封了奶奶了滿

嘴里胡說这就該打嘴巴又問興兒他是跟二爺的人他怎広沒有跟了二爺去呢旺兒說特留下他在家里照看尤二姐故此未曾跟了去鳳姐听說忙的一疊連声命旺兒快巴興兒叫了来旺兒忙忙的跑了出去見了興兒只說二奶奶叫你呢興兒正在外邊同小人們頑笑听見叫他妙在也不問旺兒二奶奶叫我作什広便跟了旺兒急急忙忙的来至二門前回明進去見了鳳姐請了安旁邊侍立鳳姐一見

便先瞪了兩眼問道你們主子奴才在外面幹的好事你們打諒我是獃瓜不知道你是緊跟二爺的人自必深知根由你須細細的對我寔説稍有一些兒隐瞞撒謊我將你的腿打折了興兒忙跪下磕頭説奶奶問的是什麽事是我同爺幹的鳳姐罵道好小雜種你還敢來支吾我我問你二爺在外邊怎麽就説成了尤二姐怎麽買屋子治家伙怎麽娶了過来一五一十的説個明白饒你的狗命興兒听説仔細

想了一想此事兩府皆知就是瞞着老爺太太老太
太同二奶奶不知道終久也是要知道的我如今何
若來瞞着不如告訴了他省得挨現前打受委曲再
興兒一則年幼不知事的輕重二則素日又知道鳳
姐是個裂口子連二爺還懼怕他五分三則此事原
是二爺同珍大爺蓉哥他叔侄弟兄商量着辦的與
自己無干故此把主意想定壯着胆子跪下說道奶
奶別生氣等奴才回稟奶奶听只因那府里的太老

爺的丧事上穿孝不知二爺怎広看見過尤二姐幾次大約就看中了動了要說的心故此先同蓉哥商議求蓉哥替二爺從中調停辦理作了媒人說合事成之後還許下謝候的禮蓉哥滿應將此話轉告訴了珍大爺珍大爺告訴了珍大奶奶合尤老娘尤老娘很愿意但說是二姐從小兒已許過張家為媳如何又許二爺呢恐張家知道生出事来不妥當珍大爺笑道這算什広大事交給我便說那張姓的小子

本是個窮苦破落户那里見得多給他幾兩銀子叫他寫張退親的休書就完了後来果然找了姓張的来如此説明寫了休書給了銀子去了二爺聞知才放心大胆的説定了又恐怕奶奶知道攔阻不依所以在外邊咱們後身見買了幾間房子治了東西就娶過来了珍大爺還給了兩箇人使喚二爺時常推説給老爺辦事又説替珍大爺張羅事都是些支吾的謊話竟是在外頭住着從前原是娘兒三個住着

還要商量給尤三姐說人家又許下厚聘嫁他如今尤三姐也死了只剩下尤老娘跟着尤二姐住着作伴見呢这是一往從前的寔話並不敢隱瞞一句說畢復又磕頭鳳姐听了这一片言詞只氣得痴呆了半天面如金紙兩支吊稍子眼越發直豎起来了渾身乱战半晌連話也說不上来只是發怔猛一低頭見興兒在地下跪着便說道这也沒你的大不是但只是二爺在外邊行这樣的事你也該早些告訴我才

是這却很該打因你肯寔說不撒謊且饒恕你這一次興兒說未能早回奶〻這是奴才該死便叩頭有聲鳳姐說你去罷興兒才立身要走鳳姐又說叫你時須要快來不可遠去興兒連〻答應了几個是就出去了到外面伸了舌頭說勾了我的了差一差兒沒有捱一頓好打暗自後悔不該告訴旺兒又愁二爺回來怎庅見各自害怕這也不題且說鳳姐見興兒出去回頭向平兒說方才興兒說的話你都聽見了

没有平兒說我都聽見了鳳姐說天下那有這樣没臉的男人吃着碗里看着鍋里見一個愛一個真成了喂不飽的狗寔在的是個棄舊憐新的個壞貨只是可惜這五六品的頂帶給他〻別想着俗說語的家花那有野花的香的話他要信了這個話可就大錯了多早晚在外面鬧一個很没臉親戚朋友見不得的事出來他才罷手呢平兒一旁勸道奶〻生氣却是該的但奶〻的身子才好了也不可過于氣惱

看二爺自從鮑二的女人那一件事之後到很収了
心好了呢如今為什庅又幹起這樣事來這都是珍
大爺他的不是鳳姐說珍大爺故然有不是也總因
偺們那位下作不堪的爺他眼饞人家才引誘他罷
咧俗語說的牛不吃水也强按頭庅平兒說珍大爺
幹這樣事珍大奶〻也該攔着不依才是鳳姐說可
是這話咧珍大奶〻也不想一想把一個妹子要許
几家子弟才好先許了姓張的今又嫁了姓賈的天

下的男人都死絶了都嫁了賈家來難道賈家的衣飯這樣好不成這不是說幸而那一個没臉的尤三姐知道好歹早早兒的死了若是不死將來不是嫁寶玉就是嫁環哥兒呢總也不給那妹子留一些些兒體面叫妹子日後怎麽抬頭豎臉的見人呢妹子好歹也罷咧那妹子本來也不是他親的而且聽見說原是個渾（混）賬爛忘八难道珍大奶奶現作着命婦家中有這樣的一個打嘴獻世的妹子也不知道羞燥躲避

着些反到大面兒上揚名打鼓的在這門里丟醜也不怕笑話麽再者珍大爺也是作官的人别的律例不知道也罷了連個服中娶親停妻再娶使不得的規矩他也不知道不成你替他細想一想他幹的這件事是疼兄弟還是害兄弟呢平兒說珍大爺只催眼前叫兄弟喜歡也不管日後的輕重干係了鳳姐兒冷笑道這是什麽叫兄弟喜歡這是給他毒藥吃呢若論親叔伯兄弟中他年紀又最大又居長不知

教道兄弟學好反引誘兄弟學不長進担罪名兒日後鬧出事來他在一邊缸沿兒上站着看熱鬧真ゝ我要罵也罵不出口來再者他那邊府里的醜事壞名兒已經叫人聽不上了必定也叫兄弟學他一樣才好顯不出他的醜來這是什麼作哥ゝ的道理到不如撒泡尿浸死了替大老爺死了到罷咧活着作什麼呢你瞧東府里大老爺那樣厚德吃齋念佛行善怎麼反得了這樣一個兒子孫子大概是好風水都

是他老人家一個人全𢬵盡了平兒說想來不錯若不然怎麽這樣差着格兒呢鳳姐說這件事幸而老太〻老爺太〻不知道倘或吹到這几位耳朵里去不但偺們那沒出息的二爺捱打受罵就是珍大爺和珍大奶〻也保不住要吃不了要兜着走呢連說又是珍又鬧了半天連午飯也推頭疼沒過去吃平兒看此光景越說越氣勸道奶〻也煞〻氣事從緩來等二爺回來慢〻的再商量就是了鳳姐聽了此

言便從鼻孔内哼了兩聲冷笑道好罷咧等爺回來
可就遲了平兒便跪在地下再三苦勸安慰了一會
子鳳姐才畧消了些氣惱喝了口茶喘息了良久便
要了拐枕歪（在）床上閉着眼睛打主意平兒見鳳姐兒
滲着方退出去偏有不董（懂）眼的几起子囬事的人來
都被豐兒攆出去了又有賈母處着瑪瑙來問二奶
〻為什庅不吃飯老太〻不放心着我來瞧來了鳳
姐知是賈母處打發人來遂勉强起來說我但（不過）有些〻

頭疼並沒別的病請老太〻放心我已經備（歪）了一備（菜）兒好了言畢打發來人去後却自已一個人將前事從頭至尾細〻的盤算多時得了一個一計害三賢的狠主意出來自已暗想須須得如此如此方妥主意已定也不告訴平兒反外面作出嘻笑自若無事的光景並不露出惱恨妬嫉之意于是叫了頭傳了來旺來吩咐令他明日傳喚匠役人等收拾東廂房表糊鋪設等語平兒與衆人皆不知為何原故要知

端的且看下回分解

# 石頭記第六十八回

苦尤娘賺入大觀園
酸鳳姐大鬧寧國府

話說賈璉起身去後至平安州偏遇節度巡边在外約一個月方回賈璉未得確信只得住在下處等候及至回来相見時事情辦妥回程已是將兩個月的限了誰知鳳姐心下早已算定只待賈璉前脚走了他偏傳各色匠役收拾東廂房三間照依自己正室一

樣粧飾陳設至十四日便回明賈母王夫人說十五
一早要到女娘〔媧〕廟進香去只帶了平兒豐兒周瑞總
婦旺兒媳婦四人未曾上車便將原故告訴了眾人
素衣素盖一逕前来與兒引路一直到了二姐門前
扣門鮑二家開了門興兒笑說快回二奶奶去大奶
来了鮑二家的听了這話頂梁骨走了真魂忙飛跑
進內報與尤二姐尤二姐虽也吃驚但已來了只得
以礼相見于是忙整衣迎了出来至門前鳳姐方纔

下車進来尤二姐一看只見鳳姐頭上皆是素白銀器身穿月白緞襖青緞披風白綾素裙眉灣柳葉高吊兩稍目横丹鳳神凝三角俏麗若三春之桃清素如九秋之菊周瑞家的旺兒家的二人挽（攙）入院来尤二姐陪笑忙迎上来萬福張口便叫姐姐下降不曾遠迎（接）望恕倉促（失迎）之罪説着便福了下去鳳姐忙陪咲還禮不迭二人携手同入室中鳳姐上坐尤二姐命了妚拿褥子来便行礼説奴家年輕自從到了這里

凡事皆家毋和家姐商議主張今日有幸相會若姐
姐不棄奴家寒微凡事求姐姐的指示教訓奴亦傾
心吐胆只伏侍姐姐說肖便行下礼去鳳姐忙下坐
來以礼相还口内忙說皆曰奴家婦人之見一味劝
夫慎重不可在外眠花卧柳恐惹父母躭憂此皆是
你我之痴心怎奈二爺錯會我意眠花卧柳之事瞞
奴或可今娶姐姐作二房之大事亦人间之大禮也
不曾对奴說奴也曾劝過二爺早行此礼以備生育

不想二爺反以奴為那等嫉妬之婦私自行此大事並未説知使奴有冤難訴惟天地可表前于十月之先奴已風聞恐二爺不樂遂不敢先説今可巧遠行在外故奴家親自拜見过还求姐姐体諒奴心起動大駕挪室家中你我姐妹同房同處彼此心諫劝二爺慎重事務保養身体方是大理若姐姐在外奴家在内奴虽愚賤不堪相伴奴心又何安再者使外人聞知亦甚不雅有碍二爺名声要緊到是談論奴家

亦不怨所以今生今世奴名節全在姐姐身上那起
下人之言未免見我素習持家太嚴背後加減些言
語自是常情姐姐乃何等樣人物豈可信真若我寔
有不好之處上頭三層公婆又有無數姐妹妯娌況
賈府世代名家豈能容我至今日不想今日二爺私
娶姐姐在外若是別人則怨我則以為幸此正是天
地神佛不忍我被小人們毀謗故生此事我今來姐
姐進去和我一樣同居同處同公例同侍公婆同諫

丈夫喜則同喜悲則同悲情同骨肉親如姐妹不但那起小人見了自悔從前錯認了我就是二爺来家一見他作丈夫之人心中也不免暗悔所以姐姐竟是我的大恩人使我從前之名一洗無餘了若姐姐不隨奴去奴亦情愿在此相陪奴愿作妹子每日伏侍姐姐梳頭洗臉只求姐姐在二爺跟前替我好言方便方便容我一席之地安身奴死也無怨說着便嗚嗚咽咽哭將起来尤二姐見了这也不免滴下泪

来二人对見了礼分序坐下平兒忙也上来要見礼尤二姐見他打扮不俗舉止品貌不凡料定是平兒連忙起身挽住只叫妹妹快休如此你我是一樣的人鳳姐忙也起身笑説折死他了妹子只管受礼他原是偺們的丫頭已後快别如此説着又命周瑞家的從包袱内取出四疋上色尺頭四对金珠簪环来為拜礼尤二姐忙拜受了二人吃茶对訴以往之事鳳姐口内全是自怨自錯説怨不得别人如今只求

姐姐疼我等語尤二姐見了這般便認他作是個極好的人下人不遂心誹謗主子亦是常情故傾心吐胆敘了一回竟把鳳姐認為知己又見周瑞媳婦等在傍邊称揚鳳姐素日許多善政只是吃亏心太直了惹人怨恨又說已經預備了房屋奶奶進去一看便知尤氏心中早已要進去同住方好今又見如此豈有不允之理便說原該跟了姐姐去只是這里怎樣鳳姐道這有何难姐姐的箱籠細軟之物着小子

們搬了進去這些粗夯貨要他無用还叫人看着姐姐說誰妥當就叫誰在這里尤二姐忙說今日既遇見姐姐這一進去凡事只凭姐姐料理我也来的日子浅又不曾當家是事不明白（事体）如何敢作主竟這几件箱籠拿進去罢我也没有什広東西那也不过是二爺的鳳姐听了便命周瑞家的記清好生看管着抬到東廂房去于是催着尤二姐穿帶了二人携手上車同坐一處又悄悄的告訴他說我們家的規矩

大這事老太太一概不知倘或知孝内娶你管把他打死了如今且別見老太太太太我有一個園子極大姊妹們住着輕易沒人去的你這一去且在園中住兩天等我設個法子回明白了那時再見方妥尤氏道任憑姐姐裁處那些跟車的小厮們皆是預先說明的如今不走大門直奔後門而來下了車趕散衆人鳳姐便帶尤氏進入大觀園的後門來到李紈處相見了彼時大觀園中十停人已有九停人知道

了今忽見鳳姐帶了進来起動多人来看问尤二姐
一一的見过衆人見他幖緻和悦無不称揚鳳姐又
一一的吩咐园中婆子了頭都不許在外走了風声
惹老太太太太知道了我先要你們死命园中的婆子
了頭都素惧鳳姐的又曰賈璉国孝家孝中所行之事
知道関係非常都不敢管這事鳳姐悄悄的求李紈
收養兩日等囬明了我們自然過去的李紈見鳳姐
那边已收拾了房屋况在服中不好揭揚自是正理

只得由下權住几天鳳姐又变法將他的了頭一概
退去又將自已的一個了頭送來與他使喚又暗暗
吩咐園中媳婦們好生照看着他若有走失逃亡一
概和你們算賬自已又去暗中行事不在話下且說
合家之人都暗暗的納罕說他如何這等賢惠起來
了那尤二姐得了這個所在又見園中姊妹各各相
好到也安心樂業的自謂得其所矣誰想三日之後
了頭善姐便有些不服使喚起來尤二姐因說沒了

頭油了你去回声大奶奶拿些来用善姐便道二奶奶你怎庅不知好歹没眼色我們奶奶天天承應了老太太又要承應這边太太那边太太這些妯娌姊妹上下几百男女天天起来都等他的話一日少説大事也有一二十件小事还有三五十件外頭的從娘娘算起以及王公侯伯家多少人情客礼家裡又有這些家務交加親友的調弔慶銀子上千錢上萬一日都從一人之手一個心一個口裡調度那里為這

点子小事去煩瑣他我劝你能着些兒罷偺們又不是明媒正娶来的這是他亘古少有的一個賢良人纔這樣待你若差些兒的人听見這話不知怎樣吵嚷起来把你丢在外頭死不死活不活的你又敢怎広樣呢一夕話說的尤二姐垂了頭自想有這一說少不的將就些罷了那善姐漸漸的飯也不端来與他吃或早一頓晚一頓所拿来之物皆是剩的尤二姐說过兩次他反先乱叫起来尤二姐又怕人笑他不

安分少不得忍着隔五日入見鳳姐一面那鳳姐却
是和容悦色滿嘴姐姐不絕口又說倘有下人不到
之處你降不住他們只管告訴我我打他們又罵
了頭婆子們說我深知你們軟的欺硬的怕背開
我的眼还怕誰倘或二奶奶告訴我一個不字我要
你們的命尤二姐見他这般的好心想道既有他何
必我又多事下人不知好歹也是常情我若告了他
們受了委曲到教人說我不賢良因此反替他們遮

掩鳳姐一面使旺兒在外打听細事將尤二姐之事皆已深知原来已有了婆家的女婿現在纔十九歲成日在外嫖賭不理生業家私花尽父親攆他出来現在賭錢廠存身他父親受了尤婆十兩銀子退了親身這女婿尚不知道原来這小夥子名叫張華鳳姐都一一尽知原委便封了二十兩銀子與旺兒悄命他將張華勾来養活命他寫一張狀子只管往有司衙門中告去就告璉二爺國孝家孝之中背旨瞞親

伏財倚勢強逼退親停妻再娶等語這張華也深知
知利害不敢造次旺兒回了鳳姐鳳姐氣的罵癩
狗扶不上墻頭的種子你細細的說給他便告我們
家謀反也沒事的不过是借他一鬧大家沒臉 若
告大了我這里自然能勾平息的旺兒領命只得細
說與張華鳳姐又吩咐旺兒他若告了你你就和他对
詞去如此如此這般這般我自有道理旺兒听了他
作主便又命張華狀子上添上自己的名子說你

只管告来往過付一應調唆二爺作事都是我張華
湯了主意和旺兒商議定了寫了一紙狀子次日便
往都察院處喊了寃察院坐堂察院坐堂見状上是告
賈璉的事上面有家人旺兒一名只得遣人去賈府
傳旺兒来对詞青衣不敢擅入只命人帶信那旺
兒正等着此事不用人帶信早在門口等候見了
青衣青衣反迎上去笑道驚動衆位兄弟的事
犯了說不得快来套上衆青衣不敢只説你老

走罷別鬧了于是來至堂上跪了察院命將狀子與他看旺兒故意看了一遍磞頭說道這事小的盡知小的主人實有此事但這張華素與小的有仇故意攀扯小的在內其中還有別人求老爺再問張華磞頭道雖還有人小的不敢告他所以只告他下人旺兒故意急的說糊塗東西還不快說出來這是朝廷公堂之上憑是主子也要說出來的張華便說出賈蓉來察院聽了無法只得去傳賈

蓉鳳姐又差了慶兒暗中打听告了起来便怡将王
信叫来告訴他此事命他把察院各處張声勢驚唬
而已又拿了三百銀子與他去打点是夜王信到了
察院私宅安了根子那察院深知原委収了赃銀
次日回堂只說張華原係無賴拖欠了賈府銀兩
誣攀虛詞誣賴良人那都察院又素與王子騰
相好王信也只到家說了一声此時賈府之人巴
不得了事便也不題此事且傳賈蓉对詞且說賈

蓉正忙着賈珍之事忽有人来報信説有人告了你們如此這般這般快作道理要緊賈蓉慌了忙来回賈珍賈珍説我就防了這一着只虧他好大胆子即刻封了二百银子着人去打点察院又命家人去对詞正商議之間人回荣府里二奶奶来了賈珍听了這個刹吃了一驚忙要同賈蓉藏躲不想鳳姐已進来了説好大哥哥帶着兄弟們幹的好事賈蓉忙請安鳳姐拉了他就進来賈珍还笑説

好生伺候你姑娘吩咐他們殺牲口預備飯說了忙
命備馬躲往别處去了這里鳳姐帶着賈蓉走進上
房尤氏正迎了出来見鳳姐氣色不善忙笑說什麽
事情這等忙鳳姐照臉一口唾味〔涶沫〕啐去道你尤家的
了頭沒人要了偷着只往賈家送難道賈家的人都
是好的普天下死絶了男人了不成你就愿意給也
要三媒六証大家說明成個體統纔是你痰迷了心
脂油蒙了竅國孝家孝兩重在身就把人送来了這

會子被人家告我們我又是個沒腳蟹这官場中都
知道我利害吃醋如今指名提我要休我〻來了你
們家幹了什麽不是你們这等害我或是老太太太
〻有了話在你心裡使你們作这個圈套要擠我出
去如今偺們兩個一同去見官分証明白回來偺們
公同請了合族中人大家覿面說個明白給我休書
我就走路一面說一面大哭拉着尤氏只要去見官
急的賈蓉跪在地下碰頭只求姑娘嬸〻息怒鳳姐

一面又罵賈蓉天雷劈腦子五鬼分尸的没良心的種子不知天有多高地有多厚成日家調三窩四的幹出這些没臉面没王法敗家破業的营生来了你那死娘的陰灵也不容你祖宗也不容你还敢来劝我哭罵着揚手就打賈蓉忙磕頭説嬸子别動氣仔細手等我自己打嬸子别生氣説着自己舉手左右開弓自己打了一頓嘴巴又自己問着自己説以後可再顧三不顧四的混管閑事不管了已後还單听

叔叔的話不听嬸子的話不叫衆人又是劝又要笑
又不敢笑鳳姐滚倒尤氏怀裡嚎天慟地又放悲声
只說給好兄弟娶親我不惱為什広使他背旨逆親将
混賬名兒給我背着偺們只去見官省得捕快皂隸
拿来再者咱們只過去見了老太太和衆族人大家
公議我既不賢良又不容丈夫娶親買妾只給我一
紙休書我即刻就走你妹妹我親身接了來家生怕
老太太生氣也不敢回現在三茶六飯金奴銀婢的

住在园里我這里赶着収拾房子和我的一樣只等老太太太太知道了原想着接過来大家安分守己的我也不提旧事了誰知人是有了人家的不知你們幹的是什庅事我一概不知道如今告我我昨日急了縱然我出去見官也丢的是你們賈家的臉少不得偷把太太的五百銀子拿去打点如今把我的人还鎖在那里說了又哭哭了又罵後来放声又哭出祖宗爹媽来又要尋死撞頭把個尤氏揉搓成個

麵團衣服上全是眼泪鼻涕尤氏並無別話只罵賈蓉孽
障種子和你老子作的好事我就說不好使不得鳳
姐兒听說哭着兩手搬着尤氏的臉緊対着問道你
發昏了你的嘴里难道有茄子塞着呢不然他給你
嚼子啣着呢為什広你不告訴我去你若告訴了我
這会子怎得經官動府鬧到這步田地你這会子还
怨他們自古說妻賢夫禍少表壯不如裡壯你但凡
是個好的他們怎的鬧出這些事来你又没才幹没

口齒沒嘴的葫蘆似的就只会一味瞎小心啚賢良
名兒揺是他們也不怕你也不听你的說話着啐了
几口尤氏也哭道何曾不是這樣你不信問問跟我
的人我何曾不劝的也等他們听是呢叫我怎庅樣
呢怨不得妹妹生氣我只好听着罵了秉姬妾了妳
媳婦已是烏壓壓的跪了一地陪来哭說二奶奶最
丞明的雖是我們奶奶的不是也給留個臉說着捧
上茶来鳳姐也摔了一面止了哭挽頭髮又喝罵賈

蓉出去請大哥哥來我當面問問他親大爺的孝纔五七侄兒就娶親這個礼我竟不知道我問問也好学着日後教道子侄賈蓉只跪着磕頭説這事原不與我父母相干都是兒子㖧着叔叔作的我父亲並不知道如今我父親正要出殯嬸子要鬧了起来兒子也是個死只求嬸子責罰兒子兒子謹領這官司还求嬸子料理料理兒子竟不能幹这大事嬸子是何等樣人豈不知肐膊只折在袖子裡兒子糊塗死

了既作了这不肖的事就同那猫兒狗兒一般嫿子
既教訓了就不和兒子一般見識了少不得还要嫿
子費心費力将外頭的事壓住才好原是嫿子有这
個不肖的兒子既惹了禍少不得委屈还要疼兒子
説着又磕頭不絶鳳姐見他母子这樣也再难往前
施展了只得又轉过一付形容言談来與尤氏反陪
礼説我是個年輕不知事的人一听見有人告訴了
把我唬昏了不知方才怎樣得罪了嫂子了可是蓉

兒說的肐膊折了往袖子裡藏少不得嫂子要体量我还要嫂子轉替哥哥說声先把這官司按下去才好尤氏賈蓉一齊都說嬸子放心横豎一点兒連累不着叔叔嬸嬸方才說用过五百兩銀子少不得我娘兒們打点五百兩銀子與嬸子送过去才好補上不然豈有反叫嬸子又添上虧空名兒越發我們該死了但还有一件老太太太太們跟前嬸子还過全方便別提这些話方好鳳姐又冷笑道你們饒壓着

我的頭幹了事这会子反哄着我替你們週全虽然是個獃子也不到如此嫂子的兄弟是我的丈夫嫂子既怕他絕後我豈不比嫂子更怕他絕後嫂子的妹〻子就是我的妹妹一樣我一听見这話連夜喜欢的連覺也睡不着赶着傳人收拾了屋子就要接進来同住到是奴才小人的見識他們到說奶奶太好性兒了若是我們的主意先回了老太〻太〻看是怎樣再收拾房子接去也不遲我听了这話教我要

打要罵的總都不言語了誰知偏不称我的意偏打我的嘴半路裡又跑出一个張華来告了状了我听見了唬的兩夜沒合〻眼又不敢声張只得求人去打听这張華是个什庅人这樣大胆子打听了兩日誰知是个無賴的花子我年輕不知事反定了説他告什庅到是小子們説二奶〻原是許了他的他如今正在个急了的時候凍死餓死也是一个死現在有这个理他抓着總然死了死的到比凍死餓死

还值些怎怨的他告呢這事原是爺作的太急了國
孝一層罪家孝一層罪背着父母私娶一層罪停妻
再娶一層罪俗語說的拚着一身剮敢把皇帝拉下、
為他一個窮瘋了的人什麽作不出來況且他
又拿着這滿礼不告也有个等語成告不成的麽嫂子說我便是
個韓信張良听了這話也把智謀唬回去了你
兄弟又不在家又没個商議少不得拿錢去墊補
誰知越使錢越被人拿住刀把兒了越發來訛

起来了我是耗子尾把上長瘡多少濃血兒所以又急又氣少不得来找嫂子尤氏賈蓉不等說完都說不必着急我們自然有道理的賈蓉又道那張華不过是個窮急了故捨命去告偺們如今我想了一個法兒竟許他些銀子只叫他認個誣告不寔之罪咱們替他打点完了官司他出来再給他些銀子就完了鳳姐冷笑道好孩子怨不得你催一不催二的作些事出来原来你竟糊塗若你說的這話他暫且依了

且打云官司来又得了銀子眼前自然了事這個人
既是無賴之徒銀子到手一旦光了他又尋事故訛
詐倘又叨噔起来這事雖然咱們不怕到底躭心擱
不住他說既無毛病為什麽反給我銀子這事終久
不了之局賈蓉原是個明白人听如此一說便笑道
我还有個主意来是是非人去是是非者这事还得
我弦才好如今我竟去問張華個主意或是他一定要
人或是他息了事得銀再娶他若說一定要人少不得

我去劝我二姊叫他出来仍去嫁張華去他若説
不去我們這里少不得給他鳳姐忙道虽如此説我斷
捨不得你姨娘出去我也斷不肯叫他出去好侄
兒你若疼我只能可給他些銀子不為是要賈蓉深知鳳
姐口虽如此説心却是巴不得本人出去他却作矣
良人如今只得怎説怎依鳳姐劝歡喜了又説外頭
好処了家里終久怎庅樣你也同我过去回明才是
尤是氏又慌了忙拉鳳姐討主意如何撒謊才好鳳

姐冷笑道既沒這本事誰叫你幹這事這会子這個腔兒我又看不上待要不出個主意我又是個心慈面軟的人憑人怎庅擺弄我我还是一片痴心說不得等我應起来如今你們只別露面我只領了你妹妹去與老太太太太們磕頭只說原是你妹妹我看上了很好正因我不大生長原說買兩個人放在屋里的今既見了你妹妹很好又是親上作親我愿意娶来作二房皆因他家中父母姊妹新近一概死了日

子又艰难不能度日若等百日之後無奈無家無業、

寔难等(為情)的所以我的主意接了進来已經厢房収拾

出来了暫且住着等满了孝再圓房伏着我這不

怕燥的臉死活賴去有了是(事)也尋不着你們了你們

想想可使得尤氏賈蓉一齊咲説到底是嬸子寬洪

大量足智多謀等事妥了少不得我們娘兒們过去

拜謝尤氏忙命丫頭們伏侍鳳姐束装洗臉又擺酒飯

親自遞酒揀(揀)菜鳳姐也不多坐執意回去了進园中来

将此事告于尤二姐又説我怎広操心打听又怎広設法子須得如此如此方能救下衆人無罪少不得我去折開這個魚頭大家纔好要知端詳且听下回分解

# 石頭記第六十九回

弄小巧用借劍殺人
覺大限吞生金自逝

話說尤二姐聽了又感謝不盡只得跟了他來尤氏那邊怎好不過來的少不得也過來跟著鳳姐去回方是大礼鳳姐笑說你只別說話等我去說尤氏道這個自然但有一個不是〻往你身上推的說着大家先來至賈母房中正值賈母和園中姊妹們說笑

解悶忽見鳳姐帶了一個標緻小媳婦進來忙覷着眼瞧說這是誰家的孩子好可憐見的鳳姐上來笑道老祖宗到細々的看々好不好說着忙拉二姐說這是太婆々快磕頭二姐忙行了大礼展拜起來又指着衆姊妹說這是某人々々你先認了太々瞧過了再見礼二姐聽了一々又從新故意的問過垂頭站在傍邊賈母上下瞧了一遍因又笑問你姓什麼今年十几了鳳姐忙又笑說老祖宗且別問只說比我俊不俊賈母因帶

上了眼鏡命鴛鴦琥珀把那孩子拉過来我瞧瞧肉皮兒衆人都抿嘴笑著只得推他上去賈母細瞧了一遍又命琥珀拿出手来我瞧瞧鴛鴦又揭起裙子来賈母瞧畢摘下眼鏡来咲道竟是个齊全孩子我看比你俊些鳳姐聽說笑着忙跪下将尤氏那邊所編之話一五一十細細的說了一遍少不得老祖宗發慈悲心先許他進来住下一年後再圓房賈母聽了道這有什庅不是既你這樣賢良狠好只是一年後方可圓得房鳳姐

聽了磕頭起來又求賈母著兩个女人一同帶去見太太們說是老祖宗的主意賈母依允遂使二人帶去見了邢夫人等王夫人正因他風聲不雅深為憂慮見他今行此事豈有不樂之理于是尤二姐自此見了天日挪到廂房里住居鳳姐一面使人暗暗的調唆張華只叫他要原妻這裡還有許多的陪送外還給他銀子安家過活張華原無胆無心告賈家的後來又見賈蓉打發了人對詞那人原說的張華先退了親我們皆

是親戚接到家裡住着是真並無婚娶之說皆因張
華拖欠我們的債務追索不与方誣賴小的〻主人那些
察院都和賈王兩處有瓜葛況又受了賄只說張華
無賴以窮詐訛狀子也不收打了一頓趕出來慶兒在
外替張華打点也沒打重又調唆張華說親原是你
家定的你只管要親事官必還斷給你于是又告王
信那邊又透了消息与察院〻〻便批張華借欠賈宅
之銀令其限內按數交還其所定之親仍令其有力時娶

回又傳了他父親來當堂批准他父親亦係慶兒說明
樂得人財兩進便去賈家領人鳳姐一面嚇的來回賈
母說如此這般都是珍大嫂子幹事不明並無合那家
退准惹人告了如此官斷賈母聽了忙喚尤氏過來說
他作事不妥既是你妹子從小曾与人指腹為婚又沒
退斷使人混告了尤氏聽了只得說他連銀子都收了
怎麼沒准鳳姐在傍又說張華的口供上現說不曾見
銀子也沒見人去他老子又說原是親家母說過一次並沒

應准親家母死了你們就接進去作二房如此没作對
証只好由他去混説幸爾璉二爺不在家不曾圓房這
還無妨只是人已來了怎好送回去豈不傷臉賈母
道又没圓房没的强占人家有夫之人名聲也不好不
如送給他去那里尋不出好人來尤二姐聽了又回賈母説
我母親實於某年某月日給了他十兩銀子退准的他
因窮急了告又翻了口我姐姐原没錯辦賈母聽了便
説可見刁民難惹既這樣鳳丫頭去料理料理鳳姐聽了

無法只得應着回來只命人去找賈蓉〻深知鳳姐之
意若要使張華領回成何体統便回了賈珍暗〻遣人
去說張華你如今既有許多銀子何必定要原人若只
管執定主意豈不怕爺們一怒尋出一个由頭你死無
葬身之地你有了銀子回家去什庅好人尋不出來你若
肯走還賞你些〻銀子張華聽了心中想了一想這到是
好意和父母商議已定約共也得了有百金父子次日
起了五更便回原籍去了賈蓉打聽得真了來回了

賈母鳳姐說張華父子枉告不實懼罪逃走官府已
知此情也不追究大事完畢鳳姐聽了心中一想若必定
著張華代回二姐去未免賈璉回來再花幾個錢包站
住不怕張華不依這是二姐不去自己相伴著還要當
且再作道理只是張華此去不知何往倘或他再將此
事告訴了別人或是日後再尋出這由頭來翻案豈不
是自己害了自己原先不該如此將刀靶付与外人去的
因此悔之不及復又想了一條主意出來悄命旺兒遣人

尋著了他或誣他作賊和他打官司將他治死或暗使
人筭誣（計）務要將張華治死方剪草除根保住自己的名
聲旺兒領命出來回家細想人已走了完事何必如此大
作人命關天非同兒戲我且哄過他去再作道（理）因此在外
躲了几日回來告訴鳳姐只說張華因有幾兩銀子
在身上逃去第三日在京口地界五更天已被截打悶
棍的打死了他老子唬死在店房在那裡驗尸掩埋鳳
姐了（聽）不信說你要扯謊我再使人打聽出來敲你的牙

自此方丢過不究凤姐和尤二姐和美異常竟比親姐妹還勝幾倍那賈璉一日事完回来先到了新房已竟悄悄的関鎖只有一个看房子的老頭兒賈璉問起原故老頭子细説原委賈璉只在鐙中跌足少不得来見賈赦与邢夫人将所完之事回明賈赦十分歡喜説他中用賞了他一百两銀子又将房中一个十七嵗的丫嬛名喚秋桐者賞他為妾賈璉叩頭領去喜之不盡見了賈母合家衆人回来見凤姐未免臉上有些愧色

誰知鳳姐兒他反不是往日的容顏同尤二姐一同出來敘了寒温賈璉將秋桐之事說了未免臉上有些得意之色鳳姐聽了忙命兩个媳婦坐車往那邊接了來心中一刺未除又添了一刺說不得且吞聲忍氣將好顏面換出來遮飾一面又命擺酒接風一面帶了秋桐來見賈母與王夫人等賈璉也心中暗暗的納罕那日已是十二月賈珍起身先拜了宗祠然後過來拜辭賈母等人合族中人直送到洒泪亭方回獨賈璉賈蓉二人送

出三日三夜方回一路上賈珍命他好生收心治家等語二人口內答應也說些大禮套話不必繁絮且說鳳姐在家外面待尤二姐自不必說只是心中又懷別意無人處只和尤二姐說妹妹的聲名很不好聽連老太太太太們都知道了說妹妹在家作女孩兒就不干淨又和姐夫有些手脚沒人要的个東西你揀了來還不休了再尋好的我聽見這話氣了个倒仰察是誰說的又查不出來這日久天長這些奴才們跟前怎麼說嘴我反弄了魚頭

兒來折說了兩遍便自己氣病了茶飯也不吃除了平兒衆丫頭媳婦無不言三語四指桑說槐暗相譏刺秋桐自為係賈赦之賜無人僣他的連鳳姐平兒皆不放在眼裡豈肯容他張口況又是先奸後娶沒漢子要的娼婦也來要我的强鳳姐兒聽了暗樂尤二姐聽了暗愧暗怒暗氣鳳姐既裝病便不和尤二姐吃飯了每日只命人端了菜飯到他房中去吃那茶飯都係不堪之物平兒看不過自拿了錢出來弄菜与他吃或时

有时無只说与他園中去預在園中厨内另做了湯水
与他吃也無人敢回鳳姐只有秋桐撞見了便去说舌告訴
了鳳姐説奶々名聲生是平兒弄壞了這樣好菜好飯
浪著不吃卻往花園裡去偷吃鳳姐聽了罵平兒説
人家養猫拿耗子我的猫反倒咬雞平兒不敢多説
自此也要遠著了又暗恨秋桐難以出口園中姐妹如
李紈迎春惜春等人皆為鳳姐是好意然寶黛一干人
暗為二姐耽心雖都不便多事可憐他為人最和都還

怜恤他每人都和他叙起话来尤二姐便淌眼抹泪又不
敢报怨凤姐儿又无一点坏形来贾琏来家
时见了凤姐贤良也便不留心况素日已来曰贾赦姬
妾丫嬛最多贾琏每怀不轨之心只未敢下手如这秋
桐辈等人皆是恨老爷年迈昏愦贪多嚼不烂没
的留下这些人作什么因此除了几个知礼的有耻馀
者或有与二门上小幺们嘲戏的甚至于与贾琏眉来眼
去相偷期者只惧贾赦之威未曾到手这秋桐便和贾

璉有舊從未來過一次今日天緣湊巧竟賞了他真是一對烈火干柴如膠投漆燕尔新婚連日那里折得開那賈璉在二姐身上之心也漸〻的淡了只有秋桐一人是命鳳姐雖恨秋桐且喜借他先可發脫二姐自己且抽頭用借劍殺人之法坐山觀虎鬥等秋桐殺了尤二姐自己再殺秋桐主意已定没人處常又私勸秋桐說年輕不知事他現是二房奶〻你爺心坎兒上的人我還讓他三分你去硬碰他豈不是自尋其死那秋桐聽了這話越發惱了天〻大口亂

罵說奶〻是軟弱人那等賢惠却作不來奶〻把素日的威風怎都沒了奶〻寬弘大量我却眼裡揉不下沙子去讓我和這淫婦作一回他纔知道鳳姐在屋裡自然不敢出聲兒氣的尤二姐在房裡哭泣連飯也不吃又不敢告訴賈璉次日賈母見他眼睛紅〻的腫了問他又不敢說秋桐正是抓乖賣巧之時他便悄〻的告訴賈母王夫人等說他慣會作死的成天家嚎喪背地里咒二奶〻和我早死了他好和二爺一心一計的過賈母聽了便說人太生嬌

俏了可知心就嫉妒了鳳丫頭倒好意待他〻倒這樣爭風吃醋的可是个賤骨頭因此漸〻的便不大喜歡衆人見賈母不喜不免又往下踏踐起來弄得這尤二姐要死不能要生不得還是虧了平兒時常背著鳳姐看他這般与他排解〻〻那尤二姐原是个花為腸肚雪作肌膚的人如何經得這般折磨不過受了一月的暗氣便懨〻得了一病四肢懶動茶飯不進漸次黃瘦下去夜來合上眼只見他小妹子手捧鴛鴦寶劍前來說姐〻

你為人一生心〻痴意軟終吃了這個虧休信那妬婦花言
巧語外作賢良內藏奸妖[詐]他發恨定要弄你一死方罷
若妹子在世斷不肯叫你進來既進來亦不容他這樣
此亦係理數應然你我前生淫奔不才使人家喪倫敗
行故有此報你速依我將此劍斬了那妬婦一同歸至
警幻案下聽其發落不然你則白〻的喪命且無人
憐惜尤二姐泣道妹〻我一生品行既虧今日之報即係
當然何必又生殺戮之冤隨我去忍耐若天見憐使我

好了豈不兩全小妹笑道姐姐你終是個癡人自古天
網恢恢疎而不漏天道好還你雖悔過自新然已將人
父子兄弟致于麀聚之亂天怎容你安生尤二姐泣道
既不得安生亦是理之當然奴亦無怨小妹聽了長嘆
而去尤二姐驚醒却是一夢等賈璉來看時因無人在
側便泣說我這病不能好了我來了半年腹中已有孕了
身孕但不能預知男女倘天見憐生了下來還可若不
然我這命不保何况于他賈璉亦泣說你只管放心我

請名人來醫治于是出去即刻請醫生誰知王太醫
亦謀幹了軍前去効力好討舊封的小廝們走去便請
了個姓胡的太醫號君榮進來胗脉看了說是經水
不調全要大補賈璉說已是三月庚信不來又常作嘔
酸恐是胎氣胡君榮聽了復又命老婆子請出手來再
看々尤二姐少不得又從帳內伸出手來胡君榮又胗了半
日說若論胎氣肝脉自應洪大然木盛則生火經水不調
亦皆因由肝木所致醫生要大胆須得請奶々將金面略

露一露醫生看〻氣色方敢下藥賈璉無法只得命將帳子掀起一縫尤二姐露出臉來胡君榮一見魂已飛上九天通身麻木一無所知一時掩了帳子賈璉陪他出來問如何胡太醫道不是胎氣只是餘血凝結如今只以下迂血通經要緊于是寫了一方作辭而去賈璉命人送了藥來調服下去只半夜尤二姐腹痛不止誰知竟將一個已成形的男胎打了下來于是血行不止二姐就昏迷過去賈璉聞知大罵胡君榮一面遣人再去

請醫調治一面命人去打告胡君榮〻〻聽了早已捲包逃走這裡太醫便說本來血氣生成虛弱受胎以來想是著些氣惱欝結於中這位先生擅用虎狼之劑如今大人元氣十分傷其八九一時難保就愈煎丸二藥並行還要一些閑言閑事不聞庶可望好說畢而去急的賈璉查是誰請的姓胡的來一時查了出來便打了半死鳳姐比賈璉更急只說咱們命中無子好容易有了一个又遇見這樣沒本事的大夫于是天地前燒香禮拜

自已通陳禱告說我或有病只求尤氏妹子身体大愈再得懷胎生一男子我願吃長齋念佛賈璉衆人見了無不稱贊賈璉与秋桐時在一處鳳姐又作湯作水的着人送与二姐又罵平兒不是个有福的也和我一樣我因多病了你卻無病也不見懷个胎如今二奶〻這樣都因偺們無福或犯了什庅冲了他這樣因又叫人去筭命打卦偏筭命的回来又說係屬兎的陰人冲犯了大家筭將起来只有秋桐一人屬兎說他冲的秋桐近見

賈璉請醫調治打人罵狗為尤二姐十分盡心他心中早已浸了一缸醋在內了今又聽見說他如此沖了鳳姐兒又勸他說你暫且別處躲幾个月再來秋桐便氣的哭罵道理那起瞎肏的混嚼舌根我和他井水不犯河水怎麼就沖了他好个愛八哥兒在外頭甚麼人不見偏我来了就白眉赤眼那里来的孩子他不過指着哄我們的那个棉花耳躲的爺罷了縱有孩子也不知姓張姓李奶奶喜歡那雜種羔子我不喜歡老了誰不減

誰不會養一年半載養一個到還是一点攙雜没有
的家人又要哭又不敢哭可巧邢夫人過來請安秋桐便
哭告邢夫人説二爺二奶奶要撵我回去没了安身之處太
太好歹開恩邢夫人聽説慌的數落了鳳姐兒一陣
又罵賈璉不知好歹種子憑他怎麽不好是你父親給
的為个外来的撵他連老子没有你要撵他不如还你父
親去到好説着賭氣去了秋桐更又得意索性走到他
窗户根底下大罵起来尤二姐聽了不免更添煩惱晚

賈

間要睡在秋桐房中歇了鳳姐已睡平兒過来瞧他又
悄〻的勸他好生養病不要理那畜生尤二姐拉他哭
道姐〻我從到了這裡多蒙姐〻照應為我姐〻也不知受
了多少閒氣我若逃的出命来我必答報姐〻的恩德
只怕我逃不出命来也只好等来生罷平兒也不禁滴下
淚說道想来都是我坑了你我原是一片痴心說沒瞞他
的話既聽見你在外頭豈有不告訴他的誰知生出這些
事来尤二姐忙道姐〻這話錯了若姐〻便不告訴他〻豈

有聽不出來的不過是姐姐說的在先況且我也一心進
來方成个体統与姐姐何干二人哭了一回平兒又囑咐
了幾句夜已深了方去安歇這里尤二姐心下自思病已
成勢日無所養反有所傷料定必不能好況胎已打下
已無懸心何必受這些零氣不如一死到還干淨常聽
見人說生金子可以墜死豈不比上吊自刎又干淨想
畢掙扎起來打開箱子找出一塊生金也不知多重恨
命含淚便吞入口中幾次恨命直著脖子方咽了下去

于是連忙將衣服首飾穿帶的齊〻整〻便在炕上
倘下了當下人不知鬼不覺到第二日早辰丫嬛媳婦們
見他不叫人樂得且自已梳洗鳳姐秋桐都上去了平兒
看不過説了頭們你們只就配没人心的打著罵着
使也罷了一个病人也不知可憐可憐他雖好性兒你們
也該拿出个樣兒來別太過逝（餘）了牆倒眾人推丫
嬛聽了急推房门進（去）看時却穿的齊〻整〻死在炕
上于是方唬慌了喊叫起來平兒進來看（時）不禁大哭

衆人雖素昔惧怕鳳姐然想尤二姐實在温和怜下比鳳姐原强如今死了誰不傷心落淚只不敢与鳳姐看見當下合宅皆知賈璉進来摟屍大哭不止鳳姐也假意的哭狠心的妹〻你怎麼丢下我去了辜負我的心尤氏賈蓉等也來哭了一塲勸住賈璉〻便回了王夫人討了梨香院停放五日挪到鐵檻寺去王夫人依允賈璉忙命人開了梨香院的门收拾出正房来停靈賈璉嫌後门出靈不像便對梨香院的正墻上通街開

了一個大门兩邊搭棚安壇場作佛事用軟榻鋪了
錦緞衾褥將二姐抬上榻去用衾单蓋了八个小厮和
幾个媳婦圍隨從内子墻一帶抬往梨香院来那裡
已請下天文生預備揭起衾单一看只見尤二姐面色
如生比活着還美賈璉又摟着大哭只叫奶〻你死的
不明都是我坑了你了賈蓉忙上来勸說叔〻嘆忍着些
兒喲羅這是姨娘自己無福說着又向南指大觀園的界
墻賈璉會意只悄〻的跌脚說我忽畧了終久我查出

来替你報仇天文生回奶奶卒于今日卯時五日出不得或是三日或是七日方可明日寅时入殮大吉賈璉道三日斷乎使不得竟是七日吧家叔家兄皆在外小喪不便多停等到外頭還放五七做大道場纔掩靈明兒往南去下葬天文生應諾寫了殃榜而去寶玉一早過来陪哭一場衆族中人也都来了賈璉忙進去找鳳姐要銀子治辦棺槨喪禮鳳姐見抬了出去推有病回老太太太太說我病着忌三房不許我去因此也不出来穿孝且往

大觀園中來遠過羣山至北界墻根下往外聽隱〻的
聽了一言半語回來又回賈母說如此這般賈母道信他胡
說誰家老病死的孩子不燒了一撒也認真的開喪破
土的起來既是二房也是夫妻之分停五七日抬出去
或一燒或亂葬地上埋了完事鳳姐咲道可是這話我
也不敢勸他正說着丫嬛來請鳳姐說二爺等着奶
奶拿銀子呢鳳姐只得來了便問他什庅銀子家裡近
日艱難你還不知道咱們的月例一月趕不上一月雞兒吃

了過年粮昨兒我把两個金項圈當了三百銀子你還作梦呢這裡還有二三十两銀子你要就拿去說着命平兒拿了出来遞与賈璉指着賈母有話又去了恨的賈璉無話可說只得開了尤氏箱櫳去拿自己的梯已及開了箱櫳一滴無存只有折簪爛花並幾件半新不舊的紬絹衣裳都是尤二姐素昔所穿的不禁又傷心哭了起来自已用個包袱一齊包了也不用小厮丫鬟来拿自己提着来燒平兒又是傷心又是好笑忙將二百两一包碎

銀子偷了出來到廂房拉住賈璉悄悄遞与他說你只別
作聲纔好你要哭外頭多少哭不了又跑了這裡來點眼
賈璉聽說便說你說的是接了銀子又將一條裙子遞
与平兒說這是他家常穿的你好生替我收著作個念
心兒平兒只得掩了自己收去賈璉拿了銀子与衣服走
來命人先去買板好的又貴中的又不要賈璉騎馬自去
要瞧至晚間來抬了一付好板進來價銀五百兩賒著連夜
趕造一面分派了人口穿孝守靈晚間也不進去只在這裡伴

回宫

宿要知端的且聽下回分解

石頭記第七十回

林黛玉重建桃花社

史湘雲偶填柳絮詞

話説賈璉自在梨香院伴宿七晝夜天天僧道不斷作佛事賈母喚了他去吩咐不許送往家廟中賈璉無法只得又合時覺説了説在尤三姐墳上点了一个穴破土埋葬那日送殯只不過族中人與王信夫婦尤氏婆媳而已鳳姐一應不管只憑他自去辦理因又年近歲畢

諸務蝟集不等外又有林之孝開了一个人名單子来
共有八個二十五歲單身的小廝應該娶妻成房等裡面
有該放的丫頭們好求指配鳳姐看了先来向賈母
和王夫人大家商議雖有几个應該配的怎奈各人
皆有原故第一个鴛鴦發誓不願意出去自從那日之
後一向總未和寶玉説話也不肯盛粧濃飾因此衆人見
他志堅也不好意思相強第二個琥珀現在又有疾病
這一次是不能的了彩雲因為近日和賈環分崩了也

染了無醫的病症就只有鳳姐和李紈房中粗使的几个大丫頭配出去了其餘的丫頭年紀未足令他們外自娶去了原來這一向因爲鳳姐病了李紈探春料理家務不得閒暇接著過年過節又出來許多雜事竟將詩社擱起如今雖得了工夫怎奈寶玉因冷遁了柳湘蓮劍刎了尤小妹金逝了尤二姐氣病了柳五兒接接連連閒愁胡恨一重不了一重添美的情色若痴語言常亂似染怔忡之疾慌的襲人等又不敢回賈母只

百般逗他頑笑。這日清晨方醒，只聽外間房咭〻呱〻咲聲不斷。襲人因笑說：你快出去解救晴雯和麝月兩個人，按住溫都里那在那里膈肢呢。寶玉聽了忙披上灰鼠襖子出來一瞧，只見他三人被褥尚未疊起，大衣也未穿。那晴雯只穿著葱綠艷紬小袄，紅紬小衣，紅睡鞋，披著頭髮，騎在雄奴身上。麝月是紅綾抹胸，披著一身舊衣，在那里抓雄奴的肋肢。雄奴卻仰在炕上，穿著撒花的緊身兒，紅褲綠襪，兩脚乱登，咲的喘不過氣來。

寶玉忙笑説兩個大的欺負一个小的等我助力説著也上
床来々膈肢晴雯晴雯觸癢笑的忙丢下雄奴和寶玉
對抓雄奴趁勢又將晴雯按倒向他肋下抓動襲人
笑道仔细凍著了看他四人裹在一處到好笑忽有李
紈打發了碧月来説昨兒晚上奶々在這里把塊手帕子忘
了不知可在這里小燕説有々々我在地下拾了起来不知是
那一位的纔洗了出来晾着還未乾呢碧月見他四人亂
嚷因笑道到是這裡熱鬧大清早起就咭々呱々的頑到

一處寶玉笑道你們那裡人也不少怎麽不頑碧月道我們奶奶不頑把兩个姨娘合琴姑娘也賓住了如今琴姑娘又跟了老太太前頭去更寂寞了兩个姨娘今年過了到明年冬天都去了又更寂寞呢你瞧寶姑娘那里出了去一个香菱就冷清了多少把个雲姑娘落了单正說著只見湘雲又打發了翠縷來說請二爺快出去瞧詩寶玉聽了忙問那里的好詩翠縷笑道姑娘們都在沁芳園亭上你去了便知寶玉忙梳洗出來果見黛玉寶釵湘雲寶

琴探春都在那里手裡拿着一篇诗看見他來時都咲説這
會子還不起來偺們的詩社散了一年也沒有人作興如今正是
和春時節萬物更新正該鼓舞另立起來纔好湘雲咲道
一起詩社時是秋天就不應發達如今恰好萬物逢春皆主
生盛况這首桃花詩又好就把海棠社改作桃花社寶
玉点頭説狠好且忙着要詩看衆人都又説偺們此時就訪
稻香老農去大家議定纔好説着一齊起來都往稻香村來寶
玉一壁走一壁看那紙上寫着桃花行一篇曰

桃花簾外東風軟　桃花簾内晨粧懶　簾外桃花簾内人
人與桃花隔不遠　東風有意揭簾櫳　花欲窺人簾不捲
桃花簾外開仍舊　簾中人比桃花瘦　花解憐人花也愁
隔簾消息風吹透　風透湘簾花滿庭　庭前春色倍傷情
閑苔院落门空掩　斜日欄杆人自憑　憑欄人向東風泣
茜裙偷傍花影立　桃花桃葉亂紛〻　花綻新紅葉凝碧
霧裡煙封一萬株　烘樓照壁紅模糊　天机燒破夗央錦
春酣欲醒移栅枕　侍女金盆進水來　香泉影蘸胭脂冷

胭脂鮮艷可相類　花之顏色人之泪　若將人泪比桃花

泪自長流花自媚　泪眼觀花泪易乾　泪乾春盡花憔悴

憔悴花遮憔悴人　花飛人倦易黄昏　一聲杜宇春歸盡

寂寞簾櫳空泪痕

寶玉看了並不稱賛却滾下泪来便知出自黛玉因此落泪又怕衆人看見又忙自己擦了因問你們怎麽得来寶琴笑道現是我作的呢寶玉笑道我不信這聲口氣調迥乎不像蘅蕪（琴妹妹）之体所以不信寶釵笑道所以你不通難道杜工

部首〻都作叢菊兩開他日泪之句不成一般的也紅綻
雨肥梅水荇牽風翠帶長之媚語寶玉哭道固然
如此說但我知道姐〻斷不許妹〻有此傷悼語句妹〻
雖有此才是斷不肯作的比不得林妹〻曾經離喪
作此哀音眾人聽說都笑了已至稻香村中將詩與
李紈看了自不必說稱賞不已說起詩社大家議定明
日乃三月初二日就起社便改海棠社為桃花社林黛
玉就為社主次日飯後齊集瀟湘館因又大家擬題

黛玉說大家就要菴花詩一百韻寶釵道使不得從
來桃花詩最多總作了必落套比不得你這首古風須
得再擬正說著人回舅太〻來了姑娘們出去請安因此
大家都往前頭來見王子騰夫人陪著說話吃飯畢又
陪入園中來各處遊玩一遍至晚飯後掌燈方去次日乃
是探春壽日元春早打發了兩个小太監送了几件玩
器合家皆有壽儀自不必細說飯罷探春換了礼服
各處去行禮黛玉笑向衆人道我這一社開的又不巧了偏

忘了這兩日是他的生日雖不擺酒唱戲的少不得都要
陪他在老太〻太〻跟前頑笑一日如何得個空兒因此改
至初五這日衆姐妹皆在房中侍早膳畢便有賈政書
信到了寶玉請安畢將請賈母的安禀拆開念与賈
母聽上面不過是請安的話說六月中准進京等語其餘家
信事務之帖自有賈璉和王夫人開讀衆人聽說六七
月回京都喜之不盡偏生近日王子騰之女許与保寧侯
之子為妻擇于五月初十日過门鳳姐又忙着張羅常三五

日不在家這日王子騰的夫人又来接鳳姐一並請衆甥男
甥女們頑一日賈母和王夫人命寶玉探春林黛玉寶釵
四人同鳳姐去衆人不敢違背只得回房去另粧飾了起
来五人作辭去了一日掌灯方回寶玉進入怡紅院歇了半
刻襲人便乘机勸他收一收心閑时把書理一理預備著
寶玉屈指筭一筭説還早呢襲人道書是第一件字是
第二件到那时縱然有了書你的字寫的在那里呢寶玉
笑道我時常也有寫下的好些難道都沒收著襲人

道何從沒收著待今見不在家我就拿出來了共數了一數纔有五六十篇這三四年的工夫難道只有這幾張字不成依我說從明日起把別的心全收了起來天天快臨幾張字補上雖不能按日都有也要大概看的過去寶玉聽了忙的自己又親檢了一遍實搪塞不下在去便說明日為始一天寫一百字纔好說話時大家安息次日起來梳洗了便在窗下研墨恭楷臨帖賈母因不見他只當病了忙使人來問寶玉方去請安便說寫字之故先將早起清晨的

工夫儘了出來再作別的因此出來遲了賈母聽說便十
分歡喜就吩咐他以後只管寫字念書不用出來也使得你
去回你太太知道寶玉聽說便往王夫人房中來說明
原故王夫人便說臨陣磨鎗也中用有這會子着急的
天天寫寫念念有多少顧不了的這一赶又赶出病來纔罷
寶玉回說不妨事這裡賈母也說怕急出病來探春寶
釵等都笑說老太太不用着急書雖替他不得字却替
得的我們每人每日臨一篇給他搪塞過這一步去就完

了一則老爺到家不生氣二則他也急不出病來賈母
聽說喜之不盡原來林黛玉聞得賈政回來必問
寶玉的工課寶玉肯分心恐臨期吃了虧因此自己只粧
作不耐煩把詩社便不起也不外事去勾引他探春寶釵
二人每日也臨一篇楷書字與寶玉〻〻自已也每日加
工或寫二百三百不拘至三月下旬便將字又集湊出許
多來這日正筭再得上五十篇也就混的過去誰知紫
鵑走來送了一卷東西與寶玉拆開看時却是一色老油

竹纸上临钟王蝇头小楷字跡且与自己十分相似喜的寳玉合紫鹃作了一个揖又親自来道谢了史湘雲寳琴二人皆亦临了幾篇相送凑成雖不足功課亦足搪塞了寳玉放了心于是将所應讀之書又温理過幾次正是天〻用工可巧近海一带海啸又遭塌了幾處生民地方官題本奏聞奉旨就着賈政順路查看賑濟回来如此算去至冬底方能回来寳玉聽了便把書字又擱過一边仍然照舊游蕩時值暮春之際史湘雲無聊因見柳花

并飄舞便偶成一小令調如夢令其詞曰

豈是繡絨殘吐　捲起半簾香霧　纖手自拈来

空使鵑啼燕妬　且住　且住　莫使春光別去

自己作了心中得意便用一條紙兒寫好与寶釵看了又来

找黛玉〻〻看畢笑道好也新鮮有趣我却不能湘雲笑道

偺們這几社總沒有填詞你明日何不起社作填詞改个

樣兒豈不新鮮些〻黛玉聽了偶然興動便說這話說

的極是我如今便請他們去說著一面吩咐預備了几色

菓点之類一面就打發人分頭去請衆人這里他二人便擬了柳絮為題又限出几个调来寫了綰在壁上衆人来看时以柳絮為題限各色小调又都看了史湘雲的稱賞了一回寶玉笑道這詞上我到平常少不得也要胡謅起来於是大家拈阄宝釵便拈得了臨江仙寶琴拈得了西江月探春拈得了南柯子黛玉拈得了唐多令寶玉拈得蝶戀花紫鵑炷了一枝夢甜香大家思索起来一时黛玉有了寫完接着寶琴寶釵都有了他三人寫完互相

看时寶釵便咲道我先瞧完了你们的再瞧我的探春咲道噯喲今兒這香怎麽這樣快已剩了三分了我纔有了半首又問寶玉可有了寶玉雖作了些只是自己嫌不好又都抹了要另作回頭看香已將盡了李紈等都咲道這算輸了蕉丫頭的半首且寫了出來探春聽説忙寫了出来衆人看時上面却只半首寫道是

空掛纖〻縷　徒垂絡〻絲　也難綰繫也難羈

一任東西南北各分離

李紈咲道這却也好作何不續上寶玉見香沒了情願認輸不肯免強塞責將筆擲下來瞧這半首見沒完時反到動了興開了机乃提筆續道是

落去君休惜　飛來我自知　鶯愁蝶倦晚芳時

縱是明春再見隔年期

衆人咲道正經你分內的又不能這却偏有了縱然好也算不得說著看黛玉的唐多令道是

粉墮百花洲　香殘燕子樓　一團團逐對成毬

飄泊亦如人命薄　空繾綣　說風流　草木也知愁　韶華竟白頭　嘆今生誰拾誰收　嫁與東風春不管　憑爾去　忍淹留

衆人看了俱點頭感嘆説太作悲了好是固然好的因又看寶琴的西江月道是

漢苑零星有限　隋堤點綴無窮　三春事業付東風　明月梅花一夢　幾處落紅庭院　誰家香雪簾櫳　江南江北一般同　偏是離人恨重

眾人都咲說到底是他的聲調壯幾處誰家兩句最妙寶釵咲道終不免過于喪敗我想柳絮原是一件輕薄無根無絆的東西然依我的主意偏要把他說好了纔不落套所以我謅了一首未必合你們的意思眾人咲道不要太謙我們且賞鑒〻〻自然是好的因看這一首臨江仙道是

白玉堂前春舞解　東風捲得均勻

湘雲讚道好一个東風捲得均勻這一句就出人之上了又看

麽下道是

蜂團蝶陣乱紛紛　幾曾隨遊水　豈必委芳塵

萬縷千絲終不改　任他隨聚隨分　韶華休笑本

無根　好風頻借力　送我上青雲

衆人拍案叫絶都説果然翻得好氣力自然是這首

爲尊纏綿悲慼讓瀟湘妃子情致嫵媚却是枕霞小

薛蕉下客今日落第要受罰的探春笑道我自然受

罰但不知交白卷子的又怎麽罰李紈道不要忙這是

要重〻的罰他下次為例一語未了只聽窗外竹子上一聲

响恰似窗屜子倒了一般衆人唬了一跳丫嬛們出去

瞧時簾外丫嬛嚷道一个大蝴蝶風箏掛在竹稍上

了衆丫嬛咲道好一個齊整風箏不知是誰家放

的斷了綫拿下他来寳玉等听了也都出来看時

寳玉咲道我認的這風箏這是大老爺那院里嫣

紅姑娘放的拿下来給他送過去罷紫鵑咲道難

道天下没有一樣的風箏單他有這个不成我不管

我且拿起来探春道紫鵑也學小氣了你们一般的也有這會子拾人家走了的不怕忌諱黛玉笑道可是誰放晦氣的快拿出去罷把咱们的拿出来咱们的拿出来咱们也放晦氣紫鵑聽了忙命小丫頭子们将這風箏送与園门上值日的婆子去倘有人来找好給他去這里小丫頭子们聽見放風箏巴不得一聲兒七手八脚都忙着拿出一个美人風箏来也有搬高凳去的也有綑剪子股的也有撥籰子的寶

釵等都立在院门前命了頭们在院外敞地下放去寶琴咲道你這个不大好看不如三姐〻那一个軟翅子大鳯凰好寶釵咲道果然回頭向翠墨咲道你去把你们的拿来也放〻翠墨咲嘻〻的果然取去了寶玉又興頭起来也打發个小了頭子去了半天空手回来咲道晴姑娘昨兒放走了寶玉道我還没放一遭兒呢探春咲道横竪是给你放晦氣罷了寶玉道也罷再把那个大螃蟹拿来罷了頭去了同了幾个人

扛了个美人鬟〔並〕子来說道襲人說昨兒把螃蟹給了三爺了這一个是林大娘纔送来的放這一个罷寶玉細看了一回只見〔這〕个美人做的十分精巧心中歡喜便命放起来此時探春的也取来了翠墨帶著幾个小丫頭子们在那里山坡上已放了起来寶琴也命人將自已的一个大紅蝙蝠也取来寶釵也取了一个来却是一連七个大雁的都放起来了獨有寶玉的美人兒放不起去寶玉說丫頭们不會放自已放了半天只起房

高便落下来了急的寶玉頭上出汗衆人又笑寶玉恨
的擲在地下指着風筝道若不是个美人我一頓脚跺
个稀爛黛玉笑道那是頂線不好拿出去另使人拴了頂
線就好了寶玉一面使人拿去拴頂線一面又取一个来放
大家都仰面而看天上這幾个風筝都起在半空中
去了一时丫頭们又都拿了許多各式各様的送飯的来
頑了一回紫鵑笑道這一回的勁大姑娘来放罷黛玉聽
説用手帕墊着手頓了一頓果然風緊力大接过籰子

来隨着風箏的勢將籰子一鬆只聽一陣豁剌剌的响登時籰子線盡黛玉因讓衆人來放衆人都笑道各人都有你先請罷黛玉笑道這一放雖有趣只是不忍李紈道放風箏圖的是這一樂所以又說是放晦氣你更該多放些把你這病根兒都帶了去就好了紫鵑笑道我們姑娘越發小氣了那一年不放幾个子今兒忽然又心疼了姑娘不放等我放說着便向雪雁手中接過一把西洋小銀剪子来齊籰子根下寸絲

不留路蹬一般鉸斷咲道這一去把病根兒可都帶了去了那風箏飄〻遥〻只管往后退了去一时只有雞蛋大小展眼只剩了一点黑星兒再展眼便不見了衆人皆仰面睃眼說有趣〻〻寶玉道可惜不知落在那里去了若落在有人烟處被小孩子們得了還好若落在荒郊野外無人烟處我替他寂寞想起來把我這个放去叫他倆個作伴兒罷於是也用剪子鉸斷照前放了去探春正要剪自己的鳳凰只見天上也有个鳳凰因道

這也不知是誰家的衆人皆笑説且别鼓你的看他到像要来鏡的様子説着只見那鳳凰絞在一處衆人方要往下收線那一家也要收線止不開交又見一个門扇大的玲瓏喜字兒帶着响鞭在半天如鐘鳴一般也逼近来衆人笑道這一个也来鏡〻且别收讓他三个絞在一處到也有趣呢説着那喜字果然与這兩个鳳凰絞在一處三下齊收乱頓誰知線都斷了那三个風筝飄〻都去了衆人拍手哄然一笑説到有〻趣兒可不

知那喜字是誰家的忒促狹了些黛玉說我的風箏也放去了我也乏了我也要歇〻去了寶釵說且等我們放了去大家好散說著看姊妹們都放去了大家方散黛玉回房歪著養精神要知端的且聽下回便見分解

# 石頭記第七十一回

嫌隙人有心生嫌隙

鴛鴦女無意遇鴛鴦

話說賈政回京之後諸事完畢賜假一月在家歇息因年景漸老事重心衰又因在外几年離別今得宴然復聚于庭室自覺喜幸不盡一槩大小事務一槩發付于度外只是看書閑了與清客們下棋吃酒或日間在理面母子夫妻共叙天倫之樂因今歲八月

初二日乃賈母八旬之慶又因親友全来恐筵席擺設不開便早同賈赦政與賈珍賈璉等商議定了于七月二十八日起至八月初五日止荣寧兩府各開筵宴寧國府中单請男客大观园中収拾出綴錦閣并嘉蔭堂几處大地方作退居二十八日請皇親駙馬王公并公主郡主王妃國君太君夫人等二十九日便是閤下都府督鎮誥命等三十日便是請官長誥命及遠近親友堂客初一日是賈赦的宴初二日

是賈政初三是賈珍賈璉初四日是合族長幼大小共凑的家宴初五是賴大林之孝等共凑一日自七月上旬送壽礼便絡繹不絕礼部奉旨欽賜金玉如意一柄彩緞四端金玉杯四个帑黄金千両元春又命太監送出金壽星一尊沉香拐一支茄南朱一串福壽朱一合金錠二对艮錠二对彩緞十二疋玉杯四支餘者自親王駙馬以及大小文武官員之家凡素有来往者莫不有礼不能勝記堂屋内設下大卓

桌鋪了紅毡凡慶壽之物都擺上請賈母过目賈母
先一二日还高與过来瞧瞧後来煩了也不过目只
說吽凤了頭收了改日閑了再瞧至廿八日兩府中
俱懸燈結彩屏開鸞凤褥隱芙蓉笙簫鼓樂之音通
衢越巷寧府中本日只有南安王北静王永昌駙馬
樂善郡王并几个公候世交應襲榮府中南安太妃
北静王妃并几位世交的公候誥命賈母等皆是按
品大粧迎接大家廝見先請入大观园内嘉蔭堂茶

畢更衣方出至荣慶堂拜寿入席大家謙遜半日方
綂入席上面両卓席是両位王妃下面依次便是衆
公候的誥命在左边下首一席陪家是錦鄉候的誥
命與臨昌伯的誥命右边下首一席方是賈母的坐
位邢王二夫人带領尤氏凤姐并族中几个媳婦两
溜雁翅點在賈母身後侍立林之孝賴大家的带領
衆媳婦都在竹簾外伺候上菜上酒周瑞家的带領
几个丫頭在圍屏後伺候呼喚凡跟来的人早又有

人管待別處去了一時台上叅了塲台下一色十二
个未留髮的小子伺候須臾一小厮捧了戲单至堦
下先遞与回事的媳婦這媳婦接了纔遞与林之孝
家的用一小茶盤托上挨身入簾來遞与尤氏的使
妾佩鳳〻〻接了纔遞与尤氏〻〻托着走至上席南安
太妃太妃讓了一回点了一齣吉祥的戲然後又讓讓
了一回北靜王妃也点了一齣衆人又讓了一回纔
罷了少時菜已四獻湯始一道跟來的人拿出賞來

各放了賞大家便更衣復入園来另獻好茶南安太妃因問宝玉賈母咲道今日九處廟裡念佛保安延壽經他跪經去了又问衆小姐们賈母笑道他们姊妹病的病弱的弱見人靦腆所以吽他们給我看屋子去了有的是小戲子待了一班在那边所上陪着他姨娘的姊妹也看戲呢南安太妃笑道既這樣吽人請去賈母回頭命凤姐去把史薛林三位姑娘代来再只吽你三妹〻陪着来罢凤姐荅應了来至賈母這边只

見他姊妹們正吃菓子看戲呢宝玉也纔從廟裡回
来凤姐說了宝釵姐妹与黛玉探春湘雲五人来至
同衆人大家見了不用請安問好讓坐等事衆人也有
見过的还有一兩家不曾見过的都齊声誇獎不絶
人非艸木見此数人焉得不涶涎称妙其中湘雲最
熟南安太妃因笑道你在这里听我来了也不出来
还等請去我明兒合你叔〻算賬因一手来拉探春
一手拉着宝釵问几歲了又連〻誇讚因又鬆了他

两个又拉着代玉宝琴也着实细看极誇一回又咲道都是好的叫我誇那一个是早有人将備用礼物打点出五分来金玉戒指各五个𠂆串五串南安太妃咲道别咲話留着賞了頭們罢五人忙拜謝过北静王妃也有五樣礼物餘者不必細說吃了茶园中畧曠了一曠賈母等曰又讓入席南安太妃便告辞說身上不快今日若不来実在使不淂曰此恕我竟先告别了賈母等听說也不便久留大家又說了一

回送至园門坐轎而去接着北静王妃略坐了一坐也就告辞了餘者也有終席的也有不終席的賈母劳乏了一日次日便不出来会人一應都是邢王二夫人管待那些世家子弟拜寿的只在厅上行礼賈赦賈政賈珍等管待至寧府坐席不在話下这几日尤氏晚间也不回那府里去白日待客晚间陪賈母頑笑又帮着凤姐料理出入大小器皿以及收放賞禮事務晚间在李紈房中歇宿这日晚间扶侍过

賈母的晚飯賈母說你們也乏了我也乏了早些尋点子吃的歇〻去明兒还要起早鬧呢尤氏荅應着退了出来到凤姐房里来吃飯鳳姐在楼上看着人收送礼的圍屏只有平兒在房里与凤姐疊衣服尤氏因問你們奶〻吃了飯没有平兒笑道吃飯豈有不請奶〻去的尤氏咲道既这様我别处找吃的去餓的我受不淂了說着就走平兒忙笑道奶〻請回来这里有点心且点補一点兒回来再吃飯尤氏咲

道你們忙的這樣我園子里和他姐妹們閙去一面
就去了平兒當不住只得罷了且說尤氏一逕(直)來至園
中只見園中正們與各處角門仍未關猶弔(點)着各色
綵燈因回頭命小丫頭叫該班的女人那丫頭走入
班房竟沒有一個人影兒回來回了尤氏尤氏便命傳
管家的女人這丫頭應了去到門外鹿頂內乃是管
事的女人議事之所到了這里只有兩個婆子分菜
菓吃呢因問那一位奶奶在這里東府里奶奶立等

一位奶〻有話吩咐這兩个婆子只顧分菜文听見是東府里的奶〻不大放在心上回就面說管家奶奶才散了小了頭道散了你們家里傳他去婆子道我们只管看屋子不管傳人姑娘要傳人再派傳人的去了頭听了道嗳喲〻這可反了怎庅你们不傳去哄那新来的怎庅哄起我来了素日你们不傳誰傳這会子打听了梯己信兒或是賞了那位管家奶奶的東西你们爭首狗顛見似的傳去不知誰是賞

呢璉二奶：要傳你们也这庅回兩个婆子一則吃了酒二則被这个了頭揭挑急了便羞怒了回口道扯你的燥我们的事傳不傳与你相干你未曾揭挑我们你想：你那老子娘在那边管家卩们跟前比我们还更会溜呢什庅清水下杂面你吃我也見的事各家门各家户你有本事揭挑你家人去我们这边你还早呢了頭听了氣白了臉回說道好：这話狠好一面進来回話尤氏早已入园来回遇見襲人宝

琴湘雲三人同旨地藏菴的両个姑子正說故事頑笑呢尤氏曰說餓了先到怡紅院襲人端了几樣暈素点心出来与尤氏吃両个姑子宝琴湘雲都吃茶仍說故事那小了頭一逕找了来氣狠狠的把方才話都說出来尤氏听了冷笑道這是両个什広人両个姑子並宝琴湘雲听了生怕尤氏生氣忙劝道沒有的事必定是听錯了刃个姑子笑着推這了頭道你這孩子好性氣那糊塗老婆子們的話你也不該来

回才是咱们奶〻萬金之身劳乏了几天黄湯辣水没吃咱们哄他喜欢一会还不得一半兒說这些話作什庅襲人也忙笑拉出他去說好妹〻你且出去歇〻我打發人去叫他们去尤氏說你不要叫别人你去就叫这婆子来到那边把他们家的风兒叫来襲人笑道我請去尤氏說偏不要你两个姑子忙立起身来說奶〻素日寬洪大量今日老祖宗千秋奶〻生氣豈不惹人議論宝琴湘雲也都笑劝尤氏道

不為老太〻千秋我不依且放旨就是了說話之間
襲人早又遣了一个了頭去到园门外找人可巧遇
見周瑞家的这了頭將这話告訴周瑞家的周瑞家的虽不
管事因他仗旨是王夫人的陪房原有些体面心性
乖滑耑會在各處現勤討好所以各房主人都喜欢他
〻今日听了这話忙的跑入怡紅院來一面飛走一
面口内說道可氣坏了奶〻了可是使不得我们家
里如今慣的太不堪了偏生我不在跟前且打他几

个耳瓜子且等过了这几日再算賬尤氏見了他便咲道周姐〻你来有个理你說〻这早晚园门大開着明灯蠟烛出入的人又杂倘有不妨防的事如何使得囙此吽該班的人吹灯関门誰知一个人牙也没有周瑞家的道这还了得了前兒二奶〻分付了他们了說這几日事多人杂一晚就関门吹灯不是园里的人不許放進去今兒就没了人这事过几日必要打几个才好尤氏又說小了頭子的話周瑞家的道

道奶〻不要生氣等过了事兒我告訴管事的打他

个臭死只問他們只吽他們説这各家门各家戶我〔便了這〕

已竟〔经〕吽他们吹了灯関上正门和角门子〔了〕只見那凤

姐打發人来請尤氏吃飯尤氏道我也不餓了才吃

了几个餑〻了請你奶〻吃罢一时周瑞家的得便

出去便把方才的事回了凤姐又説这兩个婆子就

是管家奶〻似的时常我们和他説話就是狼虫一

般奶〻若不戒飭〔飭〕大奶〻臉上过不去凤姐道既

这庅肴祀記肴两个的名字等过两天細了到那府里
凴大嫂子開發或是打几下子或是施恩饒了他们
随他去就是了周瑞家的巴不得一声兒曰素日与
这几个人不睦出来便命一个小厮到林之孝家的
傳风姐的話立刻吽林之孝家的進来見大奶〻一
面入傳立刻細起这两个婆子来交到馬棚里派人
看守林之孝家的不知有什庅事此时巳竟点灯忙
坐車進来先見风姐至二门上傳進話去了頭们出

来說奶〻已竟〔經〕歇下了大奶〻在園子里吽大娘見〻就是了林之孝家的只㝵進园子里来至稲香村了环们回進尤氏听了反过不去忙喚進来回咲道我不过為找人找不自回向你既去了也不是什広大事誰又把你吽進来到吽你白跑一淌不大的事已竟〔經〕撂開手了林之孝家的也咲道二奶〻打發人傳我說奶〻有話吩咐尤氏道这是那里話只当你沒去白向你这是誰又多事告訴了风了頭大約周

姐〻說的你家去歇省罢没什庅大事李紈又要說
原故尤氏又擱住了林之孝家的見如此只得回身
出园去可巧遇見趙姨娘趙姨娘因咲道噯哟〻我的嫂
子这会子还不家去歇〻还跑些什庅林之孝家的
便咲道何曾没家去的因如此这般又進来了又是个斉
頭故事趙姨娘原是个好察听的且素日又与管事
的女人们交好互相連絡作首尾方才之事已經闻
得八九听林之孝家的如此說便如此这般告訴了

林之孝家的一遍林之孝家的听了咲道原来如此也值
一个屁開恩呢就不理論若心窄呢也不过打几下
子就完了趙姨娘道我的嫂子事又不大可見他们也
太張狂了些巴巴的傳進你来明明的戲弄你要咲
你快快歇去明兒还有事呢也不留你吃茶了說畢
林之孝家的出来到了側门前就有方才兩个老婆
子的女兒上来哭着求情林之孝家的咲道你这孩
子好糊塗誰叫你娘吃酒昏了惹出来的事連我也

不知道二奶〻打發人綑他連我还有不是呢我替
誰討情去这兩个小了頭子才八九歲原不知事只
曾哭啼求告纏的林之孝家的無法因說道糊塗東
西你放门路不去却纏我你姐〻現給了那边大太
太陪房費大娘的兒子你过去告訴你姐〻叫親家
娘求大太〻什広完不了的事一語提醒了这个了
頭那个了頭还求林之孝家的啐道胡塗攮的他过
去一說自然都完了沒有个单放了他媽又只打你

媽你的說畢坐車去了这一个小了頭子果然过来告訴了他姐〻和費婆說了这費婆起先也與过時只因賈母近來不作與邢夫人所以連这边的也減了威勢凡賈政有些体面的人那边各〻乕視耽〻这費婆倚老賣老仗着邢夫人的勢常吃酒嘴里胡乱罵怨的出氣如今賈母慶壽这樣大事干看人家逞才賣技辦事呼么喝六弄手脚心里早已不自在雖闲言闲語乱鬧这边的人也不和他較量如今听見周瑞

家的告了他親家母越發火上澆油仗着酒興指着隔斷了的墻大罵了一陣便走上来求邢夫人說他親家并沒有不是說过了这兩日还要打求太〻我那親家也是七八十歲的老婆子和二奶〻說饒他这一次罷邢夫人自為要夗央之後討了沒意思後来見賈母越發冷淡了他凤姐的体面反勝自己且前日南安太妃要見他姐妹賈母又独令探春出来迎春竟似有如無自己心里早怨忿不樂只是使不

出来又值这一干小人在側他们中心嫉妬挟怨之事不敢施展便背地里造言生事調撥主人先不过是告那边奴才後来漸次告到凤姐説凤姐只哄自老太〻喜歡了好就中作威作福轄治着璉二卩調唆二太〻把这边正経太〻到不放在心上後来又告到王夫人説老太〻不喜欢太〻都是二太〻和二奶〻調唆的邢夫人捴是鉄心銅胆的人婦人家終不免生些嫌疑之心近日因此着实恶絶凤姐今

又听見如此一篇話也不說長道短次至日一早見过賈母串族中人到齐生●席開戲賈母高興又見今日無遠親都是自己族中子姪輩只穿自便衣出来堂上受礼當中独設一榻引枕靠背脚踏俱全自已歪在榻上榻之前後左右皆是一色矮橙宝釵宝琴代玉湘云迎探惜姐妹等圍繞因賈㻒之母带了喜鸞賈瓊之母也带了女兒四姐兒生淂又好凡事与串不同心中欢喜便命他両个也过来榻前同坐宝

玉却在榻上脚下追腿首席便是薛姨娘下边两溜皆
顺着房頭輩数坐下去簾外两廊都是族中男客也
依次而坐先是那女客一起〻起行礼後方是男客行
礼賈母歪在榻上只説是免了罢早已都行完了然
後賴大等代領衆家人從仪门直跪在大厛上磕頭
礼畢又是衆家人媳婦然後是各家的了环足闹了
两三頓飯时然後又抬了許多雀籠来在当院子里
放了生賈赦等焚了糸与天地寿星紙方飲酒開戲

直到歇了中台賈母方進来歇息命们他取便囙命
凤姐留下喜鸞四姐頑兩日再去凤姐出来便他和
母親說他兩个的母親素日都承凤姐看雇也巴不
得一声免他兩个也愿意在园裡頑耍至晚便不囬
家了邢夫人至只晚间散时当着衆人陪咲和凤姐
求情說听見昨兒晚上二奶〻生氣打發周管家的
娘子綑了兩个老婆子可也不知犯了什庅罪論理
我不該討情我想老太〻好日子發狠的还捨錢捨

米周貧濟老咱们家先到拷打起老人家来了不看我的臉权且看老太〻的好日子放了他们罷說畢上車去了凤姐听了這話当着許多人又羞又氣一时抓尋不着頭脳憋的臉紫漲起来回頭向賴家的咲道這是那里的話昨兒囙為這里的人淂罪了那府里的大嫂子我怕大嫂子多心所以儘讓他發放並不為得罪了我這又是誰的耳报神這庅快王夫人囙问為什庅事凤姐兒笑將昨日的事說了尤氏

曰笑道連我也不知道你原也太多事了凤姐道我
原為你臉上过不去所以等你鬧發不过是个理就
如我在你那里有人得罪了我你自然送了来等我
鬧發凴他什麽好奴才到底錯不过这理去这又不
知誰过去没的献勤兒这也当作一件事情去說王
夫人說你太〻說的是就是珍兒媳婦也不是外人
也不用这些虛礼老太〻的千秋要謹放了他们為
是說自回頭便命他们放了那兩个婆子凤姐由不

得越想越氣越愧遂恢心不覔滚下泪来因賭氣回
房哭泣又不肯使人知覺偏賈母打發了琥珀来叫
立等有說話琥珀見了咤異道好好的这是什庅原
故那裡立等有你呢凤姐听了忙擦干了眼泪洗臉另
施了脂粉方同琥珀过来賈母因問道前兒这些人
家送礼来的共有几宗有圍屏凤姐道共有十六家
有圍屏有十二家大的四架小炕屏内中只有江南
甄家一架大圍屏十二扇是紅緞子刺絲滿床笏一

萬寿畲的是頭等还有與海将軍鄔家的一架玻璃的还罢了賈母道既是這樣這兩樣别動好生放着我要給人的风姐兒荅應了夗央忽过来向风姐臉上只管細瞧引得賈母說你不認得他只管瞧什庅夗央笑道怎庅他的眼睛腫腫的所以我咤異賈母听說便叫進前来覷着眼看风姐笑道才覺得一陣癢揉腫了些夗央咲道别是又受了誰的氣了风姐咲道誰敢給我氣受便受了氣老太太的好日子我

也不敢哭賈母道正是呢我正要吃晚飯你在這裡
打發我吃剩下的你就和珍兒媳婦吃了你兩个幫
着兩个師父替我揀豆兒你們也積〻壽前兒你姐
妹們和宝玉都揀了如今也叫你們揀〻別說我偏
了說話時先擺上一桌子素的兩个姑子吃了然後
擺上葷的賈母吃畢抬出外間尤氏鳳姐二人正吃
着賈母又叫把喜鸞四姐兒也叫來跟着他二人吃
畢洗手点上香捧过一升豆子來兩个姑子先念了

佛偈然後方一个〻的揀在簸籮裡每揀一个念一声佛明日煮熟了在十字街上結寿缘賈母歪着听兩个姑子說些〻佛家的因果善事夗央早已听見琥珀說凤姐兒哭之一事又和平兒跟前打听淂原故晚间散时便回說二奶〻还是哭的那边大太〻当着人給二奶〻没臉来着賈母問為什庅原故夗央便將原故說了賈母道这才是凤丫頭知礼處难道為我的生日由着奴才把一家子的主子都淂罪了

也不管罢这是大太〻素日没好氣不好發作以今
兒着拿着这个作法子明是当着人給凤姐没脸罢
了說着只見宝琴等進来也就不說了賈母因向你
在那里来宝琴道在园里林姐〻屋里大家說話来
賈母忽想起一事忙喚过一个老婆子来分付他园
里各処的女人跟前分付分付留下的喜鸞四姐兒就
和家里们的姑娘就是一樣大家照看經心些〻我知
道咱们家的男〻女〻都是一个富貴心两隻体面

眼未必把他刃ケ放在眼里有人小看了他们我听
了可不饒婆子荅應了方要走時夗央說我說我說
去罢他们那里听他的話說着便一逕往园子里来
先到了稻香村中李紈尤氏都不在那里了鬟们說
在三姑娘那里夗央回身又来至曉翠軒里見园中
人都在那里說笑見他来了都笑說你这会子跑了
来作什広文讓他坐夗央笑道不許我也瞧瞧広于
是把方才的話說了一遍李紈忙起身听了即刻把

各房的了頭〻兒喚了来令他们傳与衆人知道不在話下这里尤氏笑説老太〻也太想的到实在我们年軽力壮的人綑上十个也赶不上李紈道凤了頭仗着鬼聰明不离脚踪而兒不遠偺们是不能了夗央道罢哟还提凤了頭呢他可憐見的雖然这几年在老太〻跟前没个錯縫暗里也不知淂罪了多少人捴而言之為人是难作的若太老实了没有个机变公婆又嫌太老实了家里人又不怕若有机变未

免又治一經損一經如今偺們家里更新出来的这
些底下奴字号的奶々们心滿意足都不知要怎広
様才好少有不得意不是背地里嚼舌根就是桃三
窝四的我怕太々生氣一点見也不肯說不然我告
訴出来大家别想过清净日子这不是三姑娘听自
老太々偏疼宝玉有人背地里怨言还罢了筭是偏
心如今老太々偏疼你我也是不好这可咲探春咲
道糊塗人多那里較量得許多我說到不如小人家

人少的好雖然人少寒苦些到是娘兒們欢天喜地
大家快樂我们这様人家人多外頭看着我们千金
萬金小姐何等快樂除不知这里說不出来的煩难
更利害宝玉道誰像三妹妹好多心多事我常劝你
揔别听那些偽話想那些偽事各自安富尊荣才是
比不得我们沒这清福應該濁闹的尤氏道誰都像
你真是一心無罣碍只知道和姐妹们頑咲餓了吃
困了睡再过几年不过还是这様一点子什庅後事

也不慮宝玉道我能勾和姐妹们过一日是一日死了完了什庅後事不後事李紈等都咲道这可又是胡說就筭你是个沒出息的終老在这里难道姐妹不出去的尤氏咲道怨不得人都說他是空長了个胎子究竟是个又傻又獃的宝玉道人事莫定知道誰死誰活倘或我在今日明日死也算遂心衆人不等說完便說可是又瘋了別合他說話才好若合他說話不是獃語就是瘋話喜鸞因咲道二哥哥你別这

様說等这里姐〻們果然都出来了門橫竪老太〻
太〻也寂寞我來和你作伴見李紈尤氏等都咲道
姑娘也別說獃話难道你是不出門的这話誰說的
喜鸾也低了頭当下已是起更時分大家各自都歸房
安息眾人都且不提且說鴛鴦一逕回来剛至院门
前只見角门虛掩猶未上拴此時院内無人來往只
有該班房中灯光掩映微月半天鴛鴦又曾有个作
伴的也不曾提灯籠独自一个脚步又輕所以該班

人皆不理会偏生又要小解因下了甬路尋瀓(微)草處
至一岩後大椿樹陰下来剛过石後只所(聽)一陣衣嚷(裳)
响唬了一跳不小定睛一看只見兩个人在那里見
他来了便往樹叢石後藏躲鴛鴦眼尖趁月色見(看)準
一个穿紅裙子梳鬅頭的高大豐壯身才的是迎春
房中的司棋鴛鴦只当他和别的小孩子也在此小
解見自己来了故意藏了恐唬自頑鴛鴦因便咲叫道
司棋你不快出来唬着我々就喊当贼拏了这们大

了頭也沒个黑家白日的只管頑不彀这本是夗央的戲語叫他出来誰知他賊人胆虛只当夗央已看見他的首尾生恐叫喊出来使衆人知覺更不好了素日夗央又和自己親厚不比别人便從後跑出来一把拉住夗央便双膝跪下只說好姐〻千萬别嚷夗央反不知因何忙〻拉住他起来咲问这是怎広說司棋滿臉紫脹又流下泪来夗央再一回想那一个人影恍惚像一个小廝心下便猜着了八九自已

反羞的面紅过耳又怕起来囘定了一回神悄问那一个是誰司棋復跪下道是我姑旧兄弟兒央啐了一口道要死要死司棋又回頭悄說道你不用藏自姐、已看見了快出来磕頭那小廝听了只淂也從樹後爬出来磕頭如搗蒜兒央忙要回身司棋拉住苦求哭道我们的性命都在姐、身上只求姐、超生要緊兒央道你放心我橫豎不告訴一人就是了一語未了只听角门上有人說道金姑娘已出去了上鎖

罢夗央正被司棋拉住不淂脱身听見如此說便接
声說我这里有事略等〻我出来了司棋只淂鬆了
手讓他去了且听下回分解

# 石頭記第七十二回

王熙鳳倚強羞說病　來旺婦倚勢霸成親

且說鴛鴦出了角門臉上犹紅心內突突的（跳）真是意外之事曰想這事非常若說出來奸盜相連關係人命还保不住代累了傍人橫竪与自己無干且藏在心內不說与一人知道回房復了賈母命大家安息從此後凡晚間便不大往園裏去因思園中尚有這等奇事何况別處因此連別處也不大輕走動了原

来那司棋因從小兒和他姑表兄弟一處頑笑起住
時（從）小兒戲言便都定下將来不娶不嫁近年大了彼
此又出落的品貌風流時常司棋回家二人眉来眼
去舊情不忘只不能入手又彼此怕父母不從二人
便設法彼此裡外買囑園内老婆子們留道今日迯（趁）
乱方初次入港雖未成双却也海誓山盟共付表記
已有無限風情了忽被鴛鴦驚散那小子早穿花度
柳從角門出去了司棋一夜不曾睡着又後悔不来

直至次日見了妃央 自是臉上一紅一白百般遮不去心内怀着鬼胎茶飯無心起居恍惚挨了兩日竟不見動靜方畧放了心这日晚上忽有个婆子来悄悄告訴他道你兄弟已逃走了三四天没歸家如今四下里找他呢司棋听了氣的倒仰因思道㧾是鬧了出来也該死在一處他自為是男人先就走了可見是个没情義的因此又添了一層氣次日便覺心内不快百般支持一頭睡倒懨懨成了大病妃央聞

知邪边走了一个小子司棋又病重要往外挪心下料定是二人惧罪之故生怕我說出来方嚇得这樣回而自已反过意不去指着来看司棋支出人去反自己立身發誓与司棋听說我要告訴一个人立刻現死現报你只管放心養病别白喪了小命兒司棋一把拉住哭說我的姐〻咱們從小兒耳鬢絲磨你不曾拏我當外人待我也不敢怠慢了你如今我遂一脚走錯你若果然不告訴一个人你就是我親娘

一樣從此後活一日是你給我一日我的病好之後
把你立个灵牌我天天焚香礼拜保佑你一生福壽
双全我若死了时变驴变馬荅报你俗語説千里長
棚没个不散筵席再过三二年咱們都是要离这里
的俗語説浮萍尚有相逢日豈可人無見面时倘或
日後咱們遇見了时我又怎庅报你的德一面説一面
哭这一夕話反把她夹説的酸了也哭了目点頭道正
是你我又不是管事的人何苦我坏你的声名我自

去獻勤況這事我自已也難開口向人說你只放心
從此好了可要安分守已再不許行了司棋在枕边
点頭不絕鴛鴦又安慰了他一番方出來因知賈璉
不在家中又因這兩日聲色怠惰了些不似往日一
樣也順路來望候進入鳳姐院中來二門上人見是
他來便立身待他進去鴛鴦剛入堂屋中只見平兒
從裡間出來見了他便忙上來悄声笑道才吃了一
口飯歇了午覺你且這屋里坐着鴛鴦听了只得同

平往(兒)東边房里来小丫頭(鬟)倒了茶来夗央囙悄問你
奶〻这两日是怎么了我只看他懶〻的平兒見問
囙房内(無)人便嘆道他这懶〻的也不是一日了这有
一月之前便是这樣又兼这两日忙乱了这几(天)又受
了些閑氣從新又勾起来这两天比先又添了些病
所以支持不住便露出馬脚来了夗央忙道既这樣
不請大夫治平兒嘆道我的姐〻你还不知他那脾(脾)
氣的別(說)請大夫来吃藥我看不过白問一聲兒身上

不覺怎樣他就動了氣反說我咒他病了饒这樣天
天还是查三訪四的自已再不看破些且養身子夗
央說虽然如此到底該請大夫瞧瞧是什庅病也都
放心平兒嘆道說起病来攄我看来也不是什庅小
症候夗央忙道到是什庅病呢平兒往前又湊了一
湊向耳边說從上月行了經之後这一个月竟瀝瀝
灑灑没有止住这可是大病不是夗央听了忙答道
噯喲依你这話这可不成了血山崩了平兒忙啐一

口又悄笑道你女兒家这是怎庅說你到会咒人呢
鴛鴦見說不覺紅了臉又悄道究竟我也不知是崩
不是崩的你到忘了不成先我姐〻不是害这病死
了我也不知是什庅病無心中听見媽和親家娘說
我还納悶後来也听見媽細說原故才明白了三分
平兒笑道你知道我竟也忘了二人正說着只見小
了頭進来向平兒笑道方才朱大娘又来了我們囬
了他奶〻才睡午覺他徃太〻上屋去了平兒听了

点頭夗央問那一个朱大娘平兒道就是那官媒婆朱大嫂子前日有甚玄孫大人家要往咱們家求作親所以天天来一个帖子来鬧一語未了小丫鬟進来說二爺来了說話之間賈璉已走至堂屋門口喚平兒平兒才答應迎出来賈璉已找至這間房内来至門口忽見夗央来了便說道姐姐今兒貴体踏賤地夗央只坐着笑道来請爺奶奶安偏又不在家的不在家睡覺的睡覺賈璉道姐姐一年辛苦到頭伏侍老太太去我

還没看你去那里還敢勞動来看我又説巧的狠我才要找姐〻去曰為穿着这袍子熱换了夾袍再过去找姐〻不想天可怜省我一淌姐〻先在这里等我了一面在椅子上坐下了他央就問有什么説的賈璉未語先笑説有一件事我就忘了只怕姐〻还記得上年老太〻生日上曾有外路来的和尚孝敬了一个蠟油凍的佛手曰老太〻爱就即刻拏过来擺着曰前日老太〻的生日我看古董賬上還有这

一筆都不知此时这件東西落於何方管古董房的人
也回过我多少次等我問准了好註上一筆所以問
姐〻如今还是老太〻擺着呢还是交到誰手里去
了呢夗央听説便道老太〻擺了几日厭煩了就給
了你們奶〻你这会子又問我連日子还記得呢是
我打發老王家的送了来你忘了或是問〻你們奶
奶和平兒〻正拿衣服听見此話忙出来回諾交过
来了現在楼上放着呢奶〻已經打發过人出去説

过給了这屋子里了他們發個設記上又來叨登这
些沒要緊的事賈璉笑説既然給了你奶〻我怎么
不知道你們就昧下了平兒道奶〻若告訴二爺〻〻
又要送人好容易才留下的这会子自然忘了到説
我們昧下什么好東西沒有的物兒比那强十倍的
東西也昧不下一遭兒这会子愛上那不值錢的賈璉
低頭含笑想了一想拍手道我如今就糊塗了丢三
忘四惹人報怨竟大像先了夗央笑道怨不得事情

又多口舌又雜你在唱上兩鍾酒那里清楚的許多

一面就起身要去賈璉連忙站起來說道姐〻再坐

坐兄弟还有一事相求說着便罵小了頭怎么不濼

茶来快拿干爭盖碗把昨日進上的新茶濼一碗

来說着向他央道这兩日老太〻的千秋所有的几

千兩銀子都使了各處房租地租都在九月内才得

这会子竟接不上明日又要送南安府里的礼又要

預俻娘〻重陽節礼还有几家紅白大事至少还得

三二千兩銀子用一时难去支借俗語說的好求人不如求已說不得姐々担个不是暂且把老太々查不着的金銀像伙偷着運出一箱子来且押千数兩銀子支騰过去不上半月的光景銀子来了我就贖了交还过去断不能叫姐々落不是夗央听了咲道你到会变法兒虧你怎么想来賈璉笑道不是我說謊若除了姐々也没有人都管有几千兩銀子只是他們為人都不如你明白有胆量我和他們一說反嚇

住了所以我再撞金鍾一下不打破鼓三千一語未
了忽有賈母處小丫頭子忙忙走来找夗央道老太
太找姐姐這半日我們都那裡沒找到却在這里夗
央听說忙着去了見賈母賈璉見他去了回来瞧鳳
姐說話鳳姐已醒了听他和夗央借當自己不便答
話只淌在床上見夗央去了賈璉進来鳳姐因問道
他可應了賈璉笑說雖然未應我會這事倒有八九成還須
得晚上再和他一說十分成了鳳姐笑道我不管這

事倘或說准了这会說的好听有了銀子时節你就去在脖子後頭了誰和你打飢荒去倘或太々知道了到把我这几年的臉都丟了賈璉笑道好及你若說定了我謝你如何鳳姐道你說謝什么賈璉道你說要什么就謝你什么平兒一傍笑道奶々到不要謝的罷止說要作一件什么事恰少一二百銀子使不如借了来奶々使一二百銀子豈不兩全其美鳳姐笑道幸虧提起我来就是这樣罷了賈璉笑道你忒狠

了你們這会子別説一千兩銀子當頭就是現銀子要三五千兩只怕也难不倒我不合你們借就罷了這会子煩你説合（和説和）還利錢（這樣利害）真真了不得鳳姐听了番身説道我有三千五萬不是賺的你的如今裡々外々上々下々背着我咬舌説我的不少就差你來説了可知家親引不出外鬼来我們王家可那里来的錢都是你們賈家賺的別叫我惡心了你們看着你們石崇鄧通把我王家的地縫子掃一掃就彀你們過

一輩子了說出来的話也不的媒實益現有对証把太〻
和我的嫁粧細〻看〻比你們的那一樣是配不上
的賈璉說道句頑話就急了这有什庅的就这様你要
使一二百兩銀子值什庅多的沒了这還有先拿進
来你使了再說如何鳳姐道我又等着含口墊被忙
了什庅賈璉道何苦来这庅着不犯着肝火盛鳳姐
听了又自咲道不是我着急你說的話戳人的心我
因為想着後日是尤二姐的週年我們好了一塲雖

不能別的到底給他上个坟燒張帋也是姊妹一場他雖沒留男女也要前人撒土迷〻後人的眼才是一語倒把賈璉沒的說了低下頭打筭半晌方說道难為你想着的週全我竟忘了既是後日才用明日淂了这个你隨便，使就是了一語未了只見来旺兒媳婦走進来鳳姐便問可成了沒有旺兒媳婦說竟不中用我說須淂奶〻做主就成了賈璉便問又是什么事鳳姐說不是什么大事旺兒有个小子今年十

七歲了还沒淂女人因要求太〻房里的彩霞不知
太〻怎庅樣就沒計較淂前日太〻見彩霞大了又
多災因此開恩打發他出去了給他老子娘隨便自
已揀女婿去罷因此旺兒來求我〻想他兩家是門
當戶对的一說去自然成的誰知这会子來說不中
用賈璉說这是什庅大事比彩霞好的多着呢旺兒
媳婦咲道爺雖如此說連他家还看不起我們別人
益發看不起我們了好容易看准一个媳婦我只說

求爺奶〻恩典替奴才作成了奶〻又說必肯的我
就煩了人过去誰知白討了个沒趣若論起那孩子
倒好与我素日合意試他心裡沒有什庅說的只是
他老子娘兩个東西太心高了些一語戳動了鳳姐
見賈璉在此且不作一聲只看賈璉光景賈璉心中
有事那里把这事放在心上待若不管只看着他是
鳳姐陪房且素日出过力的臉上过不去因說道什
庅大事只管唧〻咕〻的你放心且去我明日作媒

打發兩个有体面的待着定礼去就說我的話他十分不依叫他来見我旺兒媳婦看見鳳姐扭努嘴便会意忙爬下給賈璉磕頭賈璉忙道你自給你姑娘磕頭我雖如此說了到底得你娘姑打發个人去叫他女人来好和他說雖然他們必依这事也可太霸道了鳳姐說連你还这樣施恩操心呢我反到袖手傍觀不成旺兒家的你听見了說了这事你也給我忙忙的完了事来說給你男人外頭所有的賬一概都

趕今年〻底下收了進來少了一个我也不依我的聲名不好在放一年都要生吃了我呢旺兒媳婦咲道奶〻太胆小了誰敢議論奶〻若收时公道說我們还省些不大淂罪人鳳姐冷咲說我也是塲痴心白使了我真个的还等錢作什庅不过為的是日用出的多進的少这屋里沒的我和你姑爺的月錢再連上四个了頭的月錢通共一二十兩銀子还不勾三五天使用呢若不是我千湊萬挪的早不知过到

什庅破窑里去了如今到落个放賬的破落户兒名
聲既这樣我就收了回来我也誰不会花錢偺們已
後就坐着花到多早晚是多早晚这不是樣兒前兒
老太々生日太々急了兩个月想不出法兒来还是
我提了一句後樓上現有没要緊的大銅錫器四五
箱拿出去弄了三百銀子才把太々遮羞的礼兒搪
过去了我是你們知道的那一个金自鳴鐘賣了
五百六十兩銀子没有半个月到有十来件大事白

填在里頭今兒外頭也短住了不知是誰的主意搜尋上老太〻了明兒再过一年各人搜尋到頭面衣服可就好了旺兒家咲道那一位太〻奶〻頭面衣服折变了不句过一輩子的只是不肯罢了鳳姐道不是我說没了能柰的話要像这樣我竟不能了昨兒晚上忽然作了一夢說来也好咲夢見一个人雖然也面善都不知姓名找我〻問他作什么他說娘娘打發他来要一百疋錦我問他是那位娘〻他說

的又不是咱們家的娘〻我就不肯給他〻就要上
来奪正奪着就醒了旺兒媳婦咲道這是奶〻日裡操
心常應候宮裡的事一語未了人回夏太監打發一
个小太監来說話賈璉聽了忙皺眉說又是什麽話
一年他們也搬勾了鳳姐說你藏起来等我見他是
小事也只罷了若是大事我自有話回他賈璉忙躲
入裡間房里去鳳姐命人帶進小太監来讓他椅上
坐了吃茶因問何事那小太監便說夏爺〻曰今日

偶見一所房子要買如今用二百兩銀子打發我来問舅奶々家里有現成的銀子借二百兩遲几日就送过来鳳姐見說咲道什麽是送来有的是銀子只管先兑了去改日等我短住再借去是一樣小太監說夏爺々还說了上兩回还有一千二百兩銀子没送来等今年々底下自然都一齊送过来鳳姐咲說你夏爺々好小氣这也掛在心上我說一句話不怕他多心若都这樣請了还我的不知还了多少只怕没

有若有只會拿去回叫旺兒媳婦來不拘那里先支
二百兩銀子來旺兒家的会意回說我別處支不動
才來和奶〻支的鳳姐說你們只会里頭來要錢叫
你們外頭弄去就不能了說着叫平兒把我那兩个
金項圈拿出來暫押四百兩銀子平兒答應了去了
半日果然拿出一个金盒來裡面兩个錦袱包着打
開時一个金纍絲攢珠的那珠子都有蓮子大小一
个点翠嵌宝石的兩个都与宮中之物不相上下一

時拿去果然拿進四百兩銀子来鳳姐命与小太監打点起一半那一半命人与了旺兒家的命他拿去办中秋節礼那太監便告辞鳳姐命人替他拿着銀子送出大門去了这里賈璉出来咲道这一起外祟何日是了鳳姐咲道剛說着就来了一股子賈璉道昨日周太監来張口一千兩我畧慢了些他就不自在將来得罪人不少这会子再發个三二萬銀子財就好了一面說話一面平兒伏侍鳳姐梳洗更衣往賈母處去伺候晚飯这里賈璉出来將至外書房忽

賈母處去伺候晚飯這里賈璉出来將至外書房忽見林之孝走来賈璉因問何事林之孝說道方才打听得雨村降了却不知因何事只怕未必真賈璉道真不真他那官將来也保不長咱們寧可疏遠他些好林之孝說何常不是只是一時難以疏遠如今東府里大爺和他便好老爺又喜歡他時常来往那一个不知賈璉道橫豎不望他謀事也不相干你去再打听真了来是為什庅林之孝荅應了却不動身坐

在下面椅子上且說些閑話因又說到家道艱難便趂勢兒說人口太重了不如回了太太老爺出过力的老家人用不着的開恩放几家出去一則他們各有營運二則家里一年也省些口粮月錢再者裡頭的姑娘也太多了俗語說一時比不得一時如今說不得先时倒了少不得大家委曲些該使八个使六个該使六个使四个若各房里筭起来一年省得許多月米月錢況且裡頭女孩子們一年大似一年該

配人的配人成了房豈不是一件好事又滋生出人來賈璉說我也這樣想着呢只是老爺才回家來多少大事未回那里議到這个上頭前兒官媒來了拏着庚帖求親太太還說老爺才還家每日欢天喜地的說骨肉團聚忽然就提此事恐老爺又傷心所以且不叫提這事林之孝說這也是正礼太太想的倒是賈璉道正提此話我想起一件事來我們旺兒的小子要說太太屋里的彩霞他昨兒求我我想什麽大事不

管誰去說一声去這会子誰閑着我打發个人說一
声就說我的話林之孝听了只答應着半晌咲道依
我說二爺竟別管這件事旺兒的那小子虽然年輕
在外頭吃酒賭錢無所不為雖說都是奴才們到的
是一輩子的事彩霞那孩子這几年我雖沒見听得
這些时越發出條了何苦来白遭塌了賈璉說他小
小兒們就会吃酒賭錢不成人林之孝道豈止吃酒賭
錢在外頭無所不為我們看他是奶奶的陪房也只

見一半不見一半罢了賈璉說我竟不知道这些事
既这樣那里还給他老婆一頓棍鎖起来再問他老
子娘林之孝哭說何必在一時那時我錯了等他再
生事我們自然回爺處治如今且恕他賈璉不語一
时林之孝出去鳳姐暁間已命人喚了彩霞之母来
說媒那彩霞之母㧾不愿意見鳳姐和他說何等体
面便心不由意的滿口應承出来鳳姐問賈璉可說
了没有賈璉因說道我原要說的打听得他兒子大

不成人故不曾說若果然不成人且曾教他兩日再
給他老婆不遲凤姐听說便道你听見誰說他不成
人賈璉說不过是家里的人还有誰說他呢鳳姐說
我們王家的人連我还不中你的意何况奴才呢我
才已和他娘說了他娘已竟歡天喜地的應了难道
又叫上他来說不要了不成賈璉道你既說了又何
必退明兒說給他老子好生管他就是了这里說話
不提且說彩霞因前日出去等父母擇人心中虽是

与賈环有舊尚未准今日又見班兒每〻来求親又
聞得旺兒之子酗酒賭博而且容貌醜陋心中越發
懊悔生恐旺兒仗鳳姐之勢一时作成終身為患不
免心中急燥闇悄命他妹〻小霞進二門来找趙姨
娘問个端底趙姨娘素日与彩霞契合巴不得与了
賈环方有个膀膀不承望王夫人又放了出来每日
唆賈环去討一則賈环羞口難開二則賈环也不甚
在意不过是个了頭将来还有遷延着不説的意思

便丢開手無奈趙姨娘又捨不得又見他妹子来問是晚得空便先求了賈政〻〻因說道且忙什么等他們再念兩年書再放人不遲我已經看中了兩个了頭一个与宝玉一个給环兒只是年紀还小又怕他們悞了書所以再等一二年趙姨娘說宝玉已有了二年老爺难道还不知道賈政听了忙問道是誰給的趙姨娘才要說时只听外面一声响要知端的下回分解

紅樓夢卷七十二回終

石頭記卷七十三回

痴丫頭悞拾繡香囊　懦小姐不問纍金鳳

話說趙姨娘正和賈政說話忽听外面一声响不知何物忙問時原來是外間窗屜（屉）不曾扣好吊了屈戌了吊（鳥）子下來趙姨娘罵了丫頭几句自己代領了鬟扣好方進來打發賈政安息不在話下且說怡紅院宝玉方才睡下丫鬟們正欲各散安息忽听有人敲院門老婆子開了見是趙姨娘房內的丫鬟名叫小

雀問他什庅事小雀不應只往房里來我宝玉只見
才睡下睛雯䒭犹在床边坐着頑笑見他來了都問
什庅事这時候又跑了來作什庅小雀向宝玉說我
給你一个信兒方才我們奶〻这般如此在老爺跟
前說了你〻仔細老卩明日問你話說着回身就去
了襲人留他吃茶他因怕閔门就去了这里宝玉听
了便如孫大圣〻爺听見金箍咒一般登時四肢五内
俱不是在再來着又想彩雲想去別無他法且理熟了書預

倫明日考查若書不𫟖錯便有他事也可搪塞想罢忙披衣起来要讀書心中又自淩悔这些日子只説不題了偏又丢生了早知該天天好歹温〻如今打筭〻〻肚子内現可背誦的不过夲庸两論是代註背的出上孟就是一半夾生的若凴空楼下句就不䏻了下孟就有一大半不䏻了筭起五經来因近日作詩常把詩經讀些虽不筭熟还可責塞〻别的雖記得素日賈政揔未吩咐过讀的就不知道也無妨至

于古文这几年讀过的左傳公羊穀梁国策漢唐等文不过几十篇这些竟未温得半篇雖闲時也曾看〻不过一時高興随看随忘未曾下功夫如何記得这時断难塞責的更有時文八股因平日深悪此道原非圣人之制撰不過是後人餌名釣禄之階雖賈政選过几篇命他讀的不过偶見其中或一二股内或承題之中有作得或精致或流蕩或游戲或悲感稍能動性立志者偶一讀之不过供一時之興趣究

竟何曾成篇潛心 玩索如今若温習这个又恐明日
盤結那个若温習那个又恐盤結这个一夜之功亦
不能全然温習因此越添了焦燥自已讀書不知緊
要代累着一房的了妚们皆不能睡襲人麝月晴雯
苛几个大的自不用說在傍剪烛斟茶那些小的都
困眼朦朧前仰後合起来晴雯因罵道什庅蹄子们
一个黑家白日 挺屍挺不勾偶然一次睡遲了些就
粧出这腔調来了再这樣我就拿針扎你们两下子

話猶未完只听外面咕咚一声急忙看時原来是一个小了頭坐着打盹一頭撞在壁上了從梦中驚醒恰正是晴雯說这話之時他怔怔的只當是晴雯打了他一下遂哭央道好姐姐我再不敢了衆人都發起笑来宝玉忙劝道饒他罷原該叫他們都睡去才是你們也該替换着睡去襲人忙道小祖宗你只顧你的罷通共这一夜的功夫你把心暂且用在这几本書上等过了这關由你在張羅别的去也不算悮

了什庅宝玉听他説的懇切只得又讀了讀没有几句麝月又倒了一杯茶潤舌宝玉接茶吃了因見麝月只穿着短袄解了裙子宝玉道夜静了冷到底穿一件大衣裳才是麝月笑指着書道你暂且把我们忘了心且略對他些罢話犹未了听金星玻璃從门外跑進来口内喊声説不好了一个人從墙上跳下来众人听了忙問在那里即喝起人来各处尋找晴雯因見宝玉讀書苦惱劳一夜明日也未必妥当心

下正要替宝玉想出一个主意来脱此难正好忽逢此驚使出計来向宝玉說快粧病只說嚇肖了正中宝玉心怀因而遂傳起上夜看门人等來打肖灯籠各处搜尋並無踪跡都說小姑娘們想是睡花了眼出去風摇的樹枝錯認作人晴雯便說別放謅屁你們查〔察〕的不嚴怕担不是还拿这話来支吾才〔纔〕剛不是一个人見的宝玉和我們出去有事大家親眼見的如今宝玉嚇的顏色都变了渾身發燒我如今还要

上房里去取安魂丸藥太〻問起要回明白的难道依着你们說就罢了眾人听了唬的不敢則声只得又各處去找晴雯合玻璃二人果然出去要藥故意鬧的眾人皆知宝玉着了驚唬病了王夫人听了害怕命人来看視給藥又吩咐各处上夜的人仔細搜查又一面查二门外鄰園墻上夜的小厮们于是園內灯笼火把直鬧了一夜至五更天就傳管家眾男女们仔細訪查一〻考問內外上夜男女等人賈母

闻知宝玉被嚇問原由不敢再隱只得回明賈母説
我必料到有此事如今各處上值的人都不小心还
是小事只怕他们就是賊也未可知当下邢夫人尤
是都过来請安凤姐李紈及姊妹等皆陪侍听賈母
如此説都默然無所答独探春出位咲説近因鳳姐
々身上不好这几日园内的人比先放肆了許多先
前不过是大家偷有一時半刻或值里坐更時三四
个人聚在一處或擲骰鬪牌小頑意兒不過熬困近

未漸次放誕竟鬧了賭局甚至有頭家局主或卅吊
五十吊大輸贏半月前竟有爭鬬相打之事賈母听
了忙說你既知道為何不早回我探春說我因想着
太〻多事且連日不在家鳳姐〻又病着所以無回
只告訴了大嫂子和管事的戒飭過几次近日好些
賈母說姑娘如何知道這里頭的利害你只知要錢
常事不過怕起事爭端除不知夜间既要錢保不住
不吃酒既吃酒就免不得门户任意開鎖或買東西

尋張找李其中亱浄人稀趂便藏賊躲盗何等事作
不出況且園内你姊妹起居所伴者皆是了頭媳婦
们贤愚不等盗賊事小再有别事倘有沾滞関係不
小这事豈可輕恕探春听說便默然歸坐鳳姐雖未
大愈精神固比素常稍减今見賈母如此說便忙說
偏生我又病了遂回頭吗人速傳林之孝家的等揔
理家務四个媳婦来当着賈母深飭一頓賈母即刻
查了頭家賭家来出首者賞隱情不告者罰林之孝

家苛見賈母動怒誰敢徇私忙至园中傳齊了人一一盤查雖不免大家賴一回終不免水落石出查淂大頭家三人小頭家八个聚賭家通共廿多人都代来見賈母跪在院内磕响頭求饒賈母先向大頭家名姓和錢之多少原来大頭家一个就是林之孝的兩姨親家一个是园内厨房里柳家媳婦之妹一个是迎春之乳母这是三个為首的餘者不能多記賈母便命將骰子牌一並燒毁所有錢入官分散與衆人

将為首者每人四十大板攆出揔不許再入從者每
人廿板革去三个月錢撲[illegible]花廁行内又将林之孝家
的深飭一番林之孝家的見他的親戚與他打嘴自
已也沒趣迎春在坐也沒趣代玉宝釵探春見迎春
乳母如此也是物傷其類的意思遂都起身向賈母
討情說这个媽々素日原不頑的不知怎広也偶然
高興起来求看二姐々面上饒他这次罢賈母說你
們不知道大約这些奶媽子們一个々仗有哥兒姐

兒原比人有些体面他们就生事比别人更可惡専
管調唆主子護短偏向我都身經過的況且那〔拿〕一个
作法恰好果然就遇見了一个你们别管我自有道
理襲宝釵等听説了只得罷了一時賈母歇晌大家散出
都知賈母今日生氣皆不敢散回家只得在此暫候
尤氏便往凤姐処来閑話一回因他身上不自在只
得園内尋乖姑嫂閑談邢夫人在王夫人処坐了一
回也就往園内散〻心剛至園内只見賈母房内的

小丫頭名喚傻大姐的笑嘻〻的走来手内拿着花紅柳绿的東西低着頭一面瞧一面笑只顧走不妨頭迎頭撞見邢夫人抬頭看見方才站住邢夫人因說这傻丫頭又得了什么这樣喜欢拿来我看〻原来这傻丫頭年方十四五歲是新挑上来的與賈母这边提水桶掃院子專作粗活的一个丫頭只因他生得体肥面濶一双大脚作粗活爽利且心性愚頑一無知識行事出言常在規矩之外賈母因喜欢他

爽利又喜他出言可發一笑便取名為大傻姐常悶
來因他取笑一毫無忌避因此又叫他獃了頭他捴
有失礼之処見賈母喜欢他也就無得說了也十分
淂這了頭的力若賈母不叫他時便入園內頑要今
日正在園內掏促織忽在山石背上淂了个五彩綉
香囊其華麗精致固是可爱但上面綉的並非花鳥
等物却是兩個赤條々的男女相抱盤踞一面是几
个字了頭原不認淂是春意便心下想道敢是兩个

妖精打架不然必是两口子相打左右猜解不来正
要拿與賈母看所以笑嘻嘻一面看一面走忽看見了
邢夫人如此說便笑說太太請看一看說着便送过
去邢夫人接来一看嚇的連忙死緊的攥住忙問是
那里得的傻大姐說我掏促織在山子石上揀的邢
夫人道不許告訴一个人这不是好東西連你皆打
死才是皆因你素日是傻子已後再别說出来这傻
大姐听了反嚇的黄了臉說再不敢了磕了个頭頭呆

呆而去邢夫人回頭看時都是些女孩子不便遞與
邑退在袖内心中十分罕異揣摩此物從何而来且
形于声色就来至迎春堂中迎春正因他乳母獲罪
自覔無趣心中不自在忽報母親来了遂接入室中
奉茶畢邢夫人因說你这庅大了你那奶媽子行此
事你也不說他說如今别人都好〻的偏偺們的做
出這事来什庅意思迎春低頭弄衣帯半晌荅道我
說他兩次他不听也無法况且他是个媽〻只有他

説我的没有我説他的邢夫人説胡説你不好原該
他説的如今他犯了法你就該拿出作小姐身分他
敢不從你就回我才是如今只等外人共知是什広
意思再者只他放頭去就可恐怕他和你巧語花言
借貸些簪环衣服作本年你这心話〔活〕面軟未必不週〔周〕
濟他些若被他騙〔賺〕去我是一个没年看你明日怎広
过節迎春不語只低頭弄衣帶邢夫人見他这般困
冷笑説總是你好哥々好嫂子一対赫々揚々璉二

爺鳳奶〻兩口子遮天蓋日百事週到竟通共一个
妹子全不在意但凡是我身上吊下來的又有一个
話說只好凭他們罷了況且你又不是我養的你雖
不是同娘所生到底是同出一父也該彼此瞻顧些
也免別人咲話我想天下事也難料定你是大老爺
跟前人養的这里探丫頭也是二老爺跟前人養的
出身一樣你娘死了從前看來你兩个的娘比如今
趙姨娘強十倍呢你該比探丫頭強才是怎庅反不及

他一半誰知竟不然这可不是異事到是我無兒無女的一生干净也不能惹人恥咲談論為高傍边伺候的媳婦們便趂机說我們的姑娘老实仁德那里像他們三姑娘伶牙俐齒要姊妹們的強明知姐〻这樣竟不顧恤一点兒邢夫人說連他哥〻嫂子如是別人又作什么呢一言未了人回璉二奶〻来了邢夫人听了冷咲兩声命人出去說請他自去養病我这里不用他伺候接着又有探事小了頭来报說老

太〻醒了邢夫人方起身往前边来迎春送至院外
方回綉橘因說如何前兒我回姑娘那一支攢珠𤂺（纍）
金鳳竟不知那里去了回了姑娘〻〻竟不問一声
兒我說必是老媽拿去当了放頭兒姑娘不信只說
司棋收着呢叫问司棋〻〻雖病心里却明白我去
問他說沒有收起还在書架子上匣子裡放着預備八
月十五日恐怕要戴（戴）呢姑娘就該问老奶〻一声只
是臉軟怕人惱如今杳（察）無（不出）着落明日要戴（戴）時独偺們

不戴是何缘故迎春説何用問自然是他拿去暫借
一肩了我只説他悄々拿了去不过一日半晌仍就
悄々送了来誰知他就忘了今日偏又閙出来問他
想也無益綉橘説何曾是忘記他是試准了姑娘的
性格所以才是这樣如今我有个主意我竟到二奶
々房里将此事回了他有人去要或者省事拿出几
个吊来替他賠補如何迎春忙説罢々有事好寧可
没有了何必生事綉橘説姑娘这樣軟弱都要省起

事来将来連姑娘还要騙了去呢我竟去的是説肖
便走迎春不好言語只好由他誰知迎春之奶母之
媳王住兒媳婦正因他婆々淂了罪来求迎春討情
听他們正説金鳳一事且不進去也因平日迎春懦
弱都不放在心上如今見綉莿〔橘〕立意去回凤姐估量
肖脱不去的且又有求迎春之事只淂進来陪笑向
綉莿〔橘〕説姑娘你別去原是我們老奶々老糊塗了輸
了几吊个〔錢〕沒的撈稍所以暫且借了去原打肖一

半晌就贖的因揔捞不过本来就悞了令兒又不知誰走了風声弄出事来雖然这様到底主子的東西不敢遲悞下終久是得贖的如今还要求姑娘看從小兒吃奶的情分往老太〻那边求情救出他老人家来才好迎春便先說好嫂子趂早打了这妄想要等我去討情等到明年也不中用方才連宝姐姐林妹〻大伙說情老太〻还不依何况是我一个人我自已愧还愧不过来反去討燥去綉橘便說贖金凤一

事是一件說情是一件別絞在一處說難道姑娘不去說情你就不去說情不成嫂子且取了金凤來再說王住兒家的听迎春如此拒絕他綉橘的話更利害無可回荅一時臉上过不去也明知迎春的情性乃向綉橘發話道姑娘你別太怯施了你合家子筭一筭誰家媽々奶子不仗着主子哥兒姐兒多得些東西偏咱們家就这様丁是丁的卯是卯的只許你們偷々摸々的哄騙了去自從邢姑娘來了太々分

付一个月儉省一兩艮子来與旧太〻去这里饒添了邢姑娘的使費反少了一两艮子常時短了那个少了这个那不是我们供給不过大家将就些罷了算到今日少說也有三十兩我们这一向手豈不白填了限呢綉橘不等他說完便啐一口說作什庅你白填了卅两艮子且和你算〻姑娘合你要了些什庅東西迎春听見这媳婦發邢夫人之私意忙止住說罷〻〻你不能拿了金凤来不必拉三扯四的嚷我

也不要那夙了便是太〻问我時我只說丢了也碍
不着你什庅你出去歇息〻〻一面叫綉菊(橘)倒茶来
綉菊(橘)又氣又急因說姑娘雖不怕我們是作什庅的
把姑娘的東西丢了他倒賴說姑娘使了他的不如
今竟要准折起来倘或太〻问姑娘為什庅使了这
些〻不敢是我們就中取勢了这还了得一行說一行
就哭了司棋听不过只得免强过来帮着綉菊(橘)向那
媳婦迎春劝不住只得拿本太上感應篇去看三人

正没開交可巧宝釵代玉宝琴探春等因恐迎春不自在齊約来安慰他走至院门听見两三个人較口探春從紗窗内一看只見迎春倚在床上看書若有不聞之狀探春也笑了小丫嬛打起簾子来報道姑娘們来了迎春方放下書起身那媳婦見有人来又有探春在内不劝而自止了遂趣便要溜（勾子）探春坐下便向才剛說在这里說話到像办嘴迎春笑說没有說什庅左不過是他們小題大作罢了何必问他探

春笑說我才听見什庅金凤又是什庅没有子只我
們奴才要誰和奴才要子難道姐〻和奴才要子了
不成难道姐〻不是和我們一樣有月子的一樣的
用度不成司棋繡菊〔橘〕說姑娘說的是了姑娘們都是
一樣的那一位姑娘的尔不是由肴奶子媽〻們使
連我們也不知道怎庅是算賬不过要東西只說一
声兒如今他要說姑娘使过頭兒他賠出許多来了
究竟姑娘和〔何〕曾和他要些什庅来探春說姐〻既没

和他要些〻什庅来探春説姐〻既没和他要必定是
我们或者和他要了不成你叫他進来我到要问他
迎春笑說这話又可笑你们又無沾碍何得代累于
你们探春說这到不然我与姐〻一樣姐〻的事是我的
一樣他說姐〻即是說我〻那边的人有怨我的姐
〻听見即同怨姐〻是一理偺们是主子自然不理
論那些〻錢財小事只知想起什庅就要也是有的事
但不知金凤因何又央在裡頭那王住媳婦生恐繡

菊橘告出他来遂忙進来用話掩飾探春深知其意因
咲說你們好糊塗如今你奶〻以已淂了不是趁此求
〻二奶〻把方才的禾尚未散人的拿出些〻来贖去
就完了比不淂没鬧出来大家都藏着留臉面如今
既没了臉趁此時揔有十个罪也只一人受罰没有
砍兩个頭的理依我說竟是和你二奶〻說去在这
里大声小氣如何使的这媳婦被探春說出真病也
無可賴了只不敢往风姐処去自首探春笑說我不

听見便罢既听見少不淂替你们分解〻〻誰知探春早使了个眼色與侍書出去了这里正說話忽見平兒走来宝琴拍手笑說三姐〻敢是有驅神招將符黛玉說这到不是道家玄術到是用兵最精的所為守如処女脫如狡兎出其不備之妙策也二人取笑宝釵便使眼色與二人令其不可遂以別話岔開探春見平兒来了遂問你奶〻可好些了真是病糊塗了事〻都不在心上我们受这樣委屈平兒忙問姑

娘怎庅樣受委屈誰敢給姑娘氣受快分付我当時
王住兒媳婦方慌了手脚遂上来趕着平兒叫姑娘
你坐下讓我說原故你听〻平兒正色說姑娘這里
說話也有你和我混插口的礼庅但凡知礼只該在
外间伺候若是不叫你進不来的几時見外頭媳婦
子們無故到姑娘們房里来的例繡橘說你不知道
我們這屋里是沒礼的誰愛来就来平兒說都是你
們不是姑娘們好性兒你們就該打出去然後再回

太〻去才是王住兒媳婦見平兒出了言紅了臉方
退出去探春接着說見我告訴你若是別人得罪了
我到还罢了如今这王住兒媳婦合他婆〻仗着是
媽〻聽着二姐〻好性兒如此这般私自拿了首飾
去賭來而且还揭掐造假賬折筭威逼着还要去討情
和这兩个了頭子大嚷大吵二姐〻竟不能轄治所
以我看不過才請你來問一声他还是天外的人不
知道禮性还是有誰主使如此先把二姐〻制伏然

後就要治我和四姑娘了平兒忙陪笑説姑娘今日
怎麽説這話呢我們奶〻如何當得起探春冷笑説
俗語説物傷其類齒竭脣亡我自然有些驚心平兒
問迎春若論此事還不是大事極好処治但他現是
姑娘的奶嫂拠姑娘怎麽為是當下迎春只和寶釵
有（看）太上感應篇故不究竟連探春之語亦不曾聞听
平兒如此問仍笑説問我〻也沒什麽法子他們的
不是也是自作自受我也不能討情也不去求就是

了至于私自拿去的東西送了來我收下不送來我也不要了太〻們要問我可以隱瞞遮飾过去是他的造化若瞞不住我也没法〔没〕有手為他們反欺太〻們的礼少不得實說你們若說我好性兒没了決斷竟有好主意可以八面周全不使太〻們生氣任憑你們処治我揔不知道衆人听了都好笑起來代玉笑說真是豺狼屯于階陛尚談因果若是二姐〻是个男人这一家上下若干許多人又如何処治他們

迎春笑說正是多少男子尚如此何況我哉一語未了有一人進來不知是誰且听下回分解

# 石頭記卷七十四回

惑奸讒抄揀大観園　矢孤介杜絶寧国府

話說平兒听迎春說了正自好笑忽見宝玉来了原来管廚房柳家媳婦之妹也因放頭開賭得了不是因這園中有素与柳家不睦的便又告出柳家来說他和他妹子是夥計虽然他妹子出名其實賺了兩个人平分因此风姐要治柳家之罪柳家的一聞此信便慌了手脚因思素与怡紅院人最為深厚故走

来悄〻的央求晴雯金星玻璃等人金星玻璃告訴
了宝玉〻〻因思内中迎春之乳母也現有此罪不
若来約同迎春去討情比自己独去单為柳家說情
又更妥当故此前来忽見許多人在此見他来時都
問你的病可好了庅跑来作什庅宝玉不便說出討
情一事只說来看二姐〻当下衆人也不在意且說
些〻閑話平兒便出去辦纍絲金凤一事王住兒媳婦
緊跟在後口内百般央求只說姑娘好歹口内超生

我横竪去贖了来平兒咲道你遅也贖早也贖既有
今日何必當初你的意思过淂去就过去了既是这
樣我也不好意思的告訴人趂早取了来交与我送去
我一字不提住兒媳婦見說方放下心来就拜謝又說
姑娘自去貴幹我赶晚拿了来先回了姑娘再送去
如何平兒道赶晚不来可别怨我說畢二人方分路
各自散了平兒到房风姐问他三姑娘叫你作什庅
事平兒咲道三姑娘怕奶〻生氣叫我劝着奶〻些

向奶〻这两日可吃些什庅凤姐咲道到是他还記得我刚纔又出来了一件事有人来告訴柳二媳婦合他妹子通同開局凡妹子所为都是他作主我想你素日肯劝我多一事不如少一事就可闲一時的心自己保養〻〻也是好的我因听不進去果然應了先把太〻得罪了而且自己反賺了一場病如今我也看破了随他们闹去罢横竪有許多人呢我操一会子心到惹的萬人咒罵我且養病要緊便是病

好了我也作个好〻先生浔樂且樂浔咲且咲一槩是非凴他们去罢所以我只荅应自知道了且不在我心上平兒咲道奶〻果然如此便是我们的造化一句話尤猶未了只見賈璉進来拍手嘆氣道好〻的又生出事来前兒我和夗央借当那边太〻怎么知道了纔剛叫過我去叫我叫我不曾那里先遷挪二百兩銀子做八月十五節間使用我回没處遷挪太〻就說你没有錢就有地方遷挪我白合你商量你

就搪塞我你就沒地方前兒一千兩艮子的当是那
里的連老太太的東西你都有神通弄出來这会二
百兩銀子你就这樣幸虧我沒合別人說去我想太
太分的不短何苦來尋事奈何人凤姐道那日並無
外人誰走了这个消息平兒听了細想那日有誰在
此想了半日笑道是了那日說話時沒有个外人但
晚上送東西來的時節老太太那边傻大姐的娘也
可巧來送漿洗衣裳也在下房裡坐了一回子看見

一大箱子東西自然要問必是小丫頭們不知道說
了出來也未可知因此便喚了几个小丫頭來問那
日誰告訴獃大姐的娘衆小丫頭慌了手脚都跪下
賭身薄（發）誓說自來也不敢多說一句話有人凡問什
麽都說不知道這事如何敢說鳳姐詳情道他們必
不敢說到是委曲了他們如今且把這事靠後且把
太〻打發了去要緊寧可咱們短些别又討無意思
因叫平兒把我的金項圈拿來暫（押）二百艮子來送去

完事賈璉道索性多押二百来俻门也要使呢凤姐

道很不必我没処使示这一去还不知指那一项贖

呢平兒拿去分付一个人喚了旺兒媳婦来領去不

一時拿了艮子来賈璉親自送去不在話下这里凤

姐和平兒猜疑終是誰走的風声竟擬不出人来凤

姐又道这事是小事怕是小人趁便又造非言生出

別的事来要緊那边正和夗央結下仇了如今听得

他私自借給璉二爺東西那起小人眼饞肚飽連没

纔还要下咽的（蛋蛆呢）如今有了这个因由恐怕造出些沒
天理的話来也定不得在你璉二爺还無妨只是兒
央正經女兒帶累他受委曲豈不是偺们的过失平
兒咲道这也無妨兒央借東西看的是奶奶並不為
的是二爺一則兒央虽應名是他私情其寔他是回
过老太太老太太因怕孫男弟女多这个也借那个
也借要到跟前都撒了姣合誰要去因此只粧不知
道總鬧出来究竟也無碍凤姐道虽如此只是你我

我知道是這樣說的不知道的焉淂不生疑呢一語未了人报太
〻来了风姐兒听了吒異不知為何事親来与平兒
等忙迎了出来只見王夫人氣色更变只滯一个貼
已小丫頭走一語不發走至裡间坐下风姐忙奉茶
因陪咲问道太〻今日高興到这里逛〻王夫人喝
命平兒出去平兒見了这般着忙不知怎庅樣了忙
應了一声滯着众小丫頭一齊出去在房门外站住
索性将房门掩了自已坐在台堦上所有的人一个

不許進去风姐也着了慌不知有何等事只見王夫人含着泪從袖内擲出一个香袋子来說你睄风姐慌拾起一看見是十錦春意香袋嚇了一跳忙問太〻從那里得来王夫人見問越發泪如雨下顫声說道我從那里得来我天〻坐在井里拿你当个細心人所以我纔偷个空兒誰知你也和我一樣這樣的東西大天白日明擺在園裡山石上被老太〻的了頭拾着不虧你婆〻遇見早已送到老太〻跟前去

了我且問你这个東西你如何遺在那里来凤姐兒听得也更了顔色忙説太々怎庅知是我的王夫人又哭又嘆説道你反問我你想一家子的人除了你们小夫妻餘者老婆子们要这个何用再女孩子们是從那里来的自然是那璉兒不長進下流種子那裡弄来你们又和氣當作一件頑意兒年青人兒女閨房私意是有的你还合我賴幸而园内上下人还不解事尚未揀着倘或丫頭们揀着你姊妹们看

看見这还了得不然有那小了頭们揀着拿出去說是园内揀的外人知道这性命臉面要也不要凤姐听說又急又愧登時紫脹漲了面皮便倚炕沿雙膝跪下也含泪訴道太太說的固然有理我也不敢辯我並無这樣東西但其中还要求太太細詳其理这香袋是外頭僱工做着内工繡的这穗子一概是市賣貨我便是年輕不尊重些也不要这撈什子自然都是好的此其一二者这東西也不是常帶着的我縱

有只好在家里爲有戴在身上各處去况且要往园
裡去丁〻姊妹我们都肯拉〻扯〻的倘或露出来
不但在姊妹前就是奴才看見我什庅意思我虽年
輕不尊重亦不能糊塗至此三則論主子内我是年
輕媳婦算起奴才来比我更年輕的又不止一丁人
了况且他们常進园晚间各人家去爲知不是他们
身上的四則除我常在园里之外还有那边太〻常
帶过几丁小丫頭来如媧紅翠雲等人皆係年輕侍

妾他們更該有這个了還有那邊珍大嫂子他也不算什麽老他也常代過佩鳳等人來爲知又不是他們的五則園內了頭們太多保的住个个都是正經的不成爲知年紀大些的知道了人事或者一時半刻人查問不到偷了出去或借着因由同二门上小么兒們打牙犯嘴外頭得了來的也未可知如今我不但無此事就連平兒也可以下保的太太細想王夫人听了這一夕話大近情理因嘆道你起來我也

知道你大家小姐出身焉得輕薄至此不过我氣急
了拿話激你但如今这却怎麼處你婆〻纔打發人
封了这个給我瞧說是昨兒從傻大姐手里得来的
把我氣了个昏凤姐兒道太〻快别生氣若被众人覺
察了保不住老太〻不知道且平心静氣暗〻的訪
查纔得確實縱然訪不着外人也不能知道这叫作
胳膊折了在袖内如今惟有趁着賭錢的因由革了
許多的人这空兒把周瑞家的旺兒媳婦等四五个

貼近不能走話的人安揷在园里以賭査為由再如
令他們的丫頭也太多保不住人大心大生事作耗
等鬧出事来反悔不及了如今若無故裁革不但姑
娘们委曲煩惱就連太〻合我也过不去不如趁此
机会以後凡年紀大些的或有些咬牙难纏的拿个
錯兒攆出去配了人一則保的住沒有别的事二則
也省些用度太〻想我这話如何王夫人嘆息道你
說的事不則也省些用度太〻想我這話如何王夫

人嘆息道你說的何嘗不是但從公細想来你這几

个姊妹也甚可憐了也不用遠比只說如今你林妹

〻的母親未出閣時是何等的嬌生慣養是何等的

金尊玉貴的那纔像个千金小姐体統如今几个姊

妹不过比人家的丫頭略强些罷了通共每人有两

三个丫頭还像个人樣餘者揔有四五个小丫頭子

竟是庙裡的小鬼如今还裁革了去不但我心不忍

只怕老太〻未必就依雖然艱难也窮不至此我雖

無受过大荣華富貴比你们是强的如今我寧可省
些〻别太委曲了他们已後要省儉先從我来到使得
你如今且吽人傳了周瑞家的等人進来就分付他
们快〻暗地訪拿这事要緊凤姐听了即喚平兒進
進来分付出去一時周瑞家的与吴興家的鄭華家
的来旺家的来喜家的現在五家賠房進来餘者的
都在南方各有執事王夫人正嫌人少不能戡查忽
見邢夫人的陪房王善保家的走来方纔正是他送了

香袋的王夫人向来看見邢夫人之得力心腹人等
原無二意今見他来打听此事十分関切便向他說
你去回个太太你也進园来照管照管不比別人又
强些这王善保家的正因素日進园去那些丫环們
不大抽奉他他心裡大不自在要尋他們故事又尋
不着恰好生出这事来以为得了把柄又听王夫人
委托他正撞在心坎上說道这个容易不是奴才多話
論理来这事該早嚴紧的太太也不大往园裡去这

些个女孩子一个一个的到像受了封誥似的他們
就成了千金小姐了閙下天來誰敢哼一声兒不然
就調唆姑娘們說欺負了姑娘了誰还躭得起王夫
人道这也是个常情跟姑娘了頭原比別的姣貴些
你們該劝他們連主子的姑娘不教道尚且不堪何
况他們呢王善保家的道別的都还罢了太〻不知
頭一个宝玉房里的晴雯那了頭仗着他生的那模
樣兒比別人縹緻些又生了一張巧嘴天〻打扮的

像个西施的樣兒在人跟前能說慣道掐尖要强一句話不投机他就立起兩个騷眼睛来罵人妖〻趫〻的大不成个体統王夫人听了这話猛然觸動往事便问凤姐道我们上次跟了老太〻進园逛去有一个水蛇腰削肩膀眉眼又有些像你林妹〻的正在那里罵小丫頭我的心里很看不上那个輕狂樣子因同老太〻走我不曾說淂後来要问是誰又偏忘了今日对了檻景兒这个了頭想必就是他了罷

凤姐道若論这些丫頭們共揔比起来都没睛雯生的好論舉止言語原輕薄些方纔太〻説的到很像他我也忘了那日的事不敢乱对王善保家的便道不用这様此到不难叫了他来太〻瞧〻王夫人道宝玉屋里常見我的只有襲人麝月这两个体〻面〻的到将若有这个他自不敢来見我一生最嫌这様的人况且又出来了这个事好〻的一个宝玉倘或教这蹄子勾引坏了那还了得因叫自己的了頭来

分付他進园去只說我說有話问他們畄下襲人麝月伏侍宝玉不必来有一个晴雯最伶俐叫他即刻来你别合他們說什麽小丫頭子荅應了走入怡紅院正值晴雯身上不自在睡中覔纔起来正發悶听如此說只得隨了他来这些丫妚不皆知王夫人最惡趫粧艷飾語薄言輕者故晴雯不敢出頭今因連日不自在並無十分粧飾自为無碍及到了凤姐房中王夫人一見他釵軃鬓鬆衫垂帶褪有春倦睡捧心之

遺風而且形容面貌恰是上月的那人不覺勾起方
纔的火來王夫人原是个天真爛熳之人喜怒出于
心臆不比那些飾詞掩意之人今既真怒攻心又勾
起往事便冷笑道好个美人真像个病西施了你天
〻作这个輕狂樣子給誰看你幹的好事打量我不
知道呢我且放着你自然明兒揭你的皮宝玉今日
可好些晴雯一听如此說心内大詫異便知有人暗
筭了他雖然羞惱只不敢作声他本是个聰明过頂

的人見问宝玉可好些他便不肯以实話对只説我不大到宝玉房里去又不常和宝玉在一處好歹我不知道这只向袭人麝月两丁王夫人道这就該打嘴你难道是死人要你们作什庅晴雯道我原是跟老太〻的人因老太〻説园里空大人少宝玉害怕所以打發我去外間外房里上夜不过填房子我原回过我笨不能伏侍老太〻罵了我説又不叫你管他的事要伶俐做什庅我听了這話纔去的不过十

天半月之内宝玉悶了大家頑一会子就散了至于
宝玉飲食起坐上一層有老奶々老媽々們下一
層有襲人麝月秋紋几个人我閑自还要做老太々
屋里的針線所以宝玉的事竟不曾留心太々既怪
從此後我留心就是了王夫人信以為实了忙說阿
弥陀佛你不近宝玉是我的造化竟不劳你費心既
是老太々給宝玉的明兒回了老太々再攆你向王
善保家的道你們進去好生妨他几日不許他在宝

玉房里睡覺等我回过老太〻再處治他唱声去罢站在这里我看不上这浪樣兒誰許你这樣花紅柳綠粧扮晴雯只得出来这氣非同小可一出门便拿手帕子渥着臉一頭走一頭哭直哭到园内去了王夫人向鳳姐等自怨道这几年我精神越發短了照僱不到这這樣妖精似的東西竟没看見只怕这樣的还有明日查〻凤姐見王夫人盛怒之際又因王善保家的是邢夫人耳目時常調唆着邢夫人生事

揔有千百樣言詞此刻也不敢說只低頭荅應着王善保家的道太々且請養息身体要緊這些小事只交與奴才如今要查這个主兒也極容易等到晚上园门関了的時節内外不通風我们竟給他们个猛不妨帶着人到各處了頭们房里搜尋誰想有這个斷不止单有一个自然还有别的東西那時翻出别的来自然這个也是他的了王夫人道這話到是若不如此斷不能清的清白的白因问凤姐只得荅應

說太〻說是就行罢了王夫人道这主意很是不然
一年也查不出来于是大家商議已定至晚飯後待
賈母安寢宝釵等入园時王善保家的請了鳳姐一
併入园喝命將角门皆上鎖便從上夜的婆子房内
抄揀起不过抄揀出些多餘攢下爉燭灯油等物王
善保家的道这也是賍不許動等明兒回过太〻再
動于是先就到怡紅院中喝命関门当下宝玉正因
晴雯不自在忽見这一干人来不知為何直撲了了

頭们房内去因迎出鳳姐来问是何事故凤姐道丢了一件要緊的東西因大家混賴恐怕有了頭们偷了所以大家都查一查去疑兒一面說一面坐下吃茶那边王善保家苛搜了一回又細问这几个箱子是誰的都叫本人来親自打開袭人因見睛雯这樣知道必有異事又見这番抄揀只得自己先出来打開箱子并匣子任其抄揀一番不过是平常動用之物遂放下又搜别的挨次都一一搜过到情雯的箱

子因問是誰的怎不閞了讓搜袭人等欲待晴雯開時只見晴雯挽着頭髮進来豁啷一声將箱子掀開兩手提着底子朝天往地下尽情一倒將所有之物盡都倒出王善保家的也覺沒趣看了也無甚庅私弊之物回了凤姐要往別處去凤姐兒道你们可細々查察々若还这一番查不出来难回話的衆人都道細看了沒有什庅差错東西虽有几樣男人物件都是小孩子的東西想是宝玉的旧物沒什庅関係的

鳳姐兒听了咲道既如此偺們就走再瞧別處去說着一徑出來因向王善保家的道我有一句話不知是不是要抄揀只抄揀偺們家的人薛大姑娘屋裡斷乎抄揀不得的王善保家的咲道这个自然豈有抄起親戚家來凤姐点頭道我也是这樣說一頭說一頭到了瀟湘館內代玉已睡了忽报这些人來不知为甚事纔要起來只見凤姐已走進來忙按住不許起來只說睡着我們就走且說些閑話那个王善

保家的带了來人到了頭們房中一〻開箱倒籠抄揀一番因從紫鵑箱中抄出一兩付宝玉常換下來的寄名符鎖兒一付束帶上的帔帶兩个荷苞并扇套之內有扇子打開看時皆是宝玉往年往日手內從拿过的王善保家的自為得意遂忙請风姐过來驗視又說这些東西從那里來的鳳姐笑道宝玉和他們從小兒在一處混了几年这自然是宝玉的旧東西这也不算什麼罕事撂下再往別處去罢正是緊

紫鵑咲道直到如今我們兩下里也算不清要問这个連我也忘了是那年月日有了的王善保家的听凤姐如此說也只淂罢了又到探春院内誰知早有人报与探春了探春也就猜着必有原故所以引出这寺醜態来遂命衆丫嬛秉燭開門而待一時衆人来了探春故问何事凤姐咲道因丢了一件東西連日訪查不出人来恐怕傍人这些女孩子們所以越索性大家搜一搜使人去疑到是洗净他們的好法子

探春冷笑道我們的丫頭自然是些賊我就是頭一个窩主既如此先來搜我的箱櫃他們所偷了來的都交給我藏着呢說着便命了环們把箱櫃一齊打開將鏡奩粧盒衾袱衣包若大若小之物一齊打開請风姐去抄閱风姐陪笑道我不過是奉太太的命妹妹別錯怪了我何必生氣因命了环快快関上平兒豐兒等先忙着替侍書等関的関收的收探春道我的東西倒許你們搜閱要想搜我的丫頭這却不

能我原比眾人歹毒凡丫頭所有的東西我都知道都在我这裡間收着一針一線他們也没的收藏要搜所以只来搜我你們不依只管回太ゝ只說我違背了太ゝ該怎樣處治我去領你們别忙自然連你們抄的日子有呢你們今日早起不曾議論甄家自已家里好ゝ的抄家果然今日真抄了偺們也漸ゝ的来了可知这大族人家若說外頭殺来一時是殺不死的这是古人曾說的百足之虫死而不僵必

須先從家里自殺自滅起来總能一敗塗地呢說着不覺流下泪来凤姐只看着衆人們周瑞家便道既是女孩子的東西全在這里奶〻請往別處去罢讓姑娘好〻安寢凤姐便起身告辞探春道可細〻搜閱明白了若是明日再来我就不依了凤姐咲道既然了頭們的東西都在這里就不必搜了探春冷咲道果然倒乖連我的衣裳包袱都打開了还說沒翻明日敢說我護着了頭們不許你們翻了你趂早說

明若还要翻不妨再翻一遍凤姐知道探春素日与
众不同只得陪笑道我已經連你的東西都搜查明
白了探春又问众人你们也都搜明白了不曾周瑞
家的等都陪笑説都搜明白了那王善保家的本是
个心内没成算的人素日雖闻探春的名他自為众
人没眼力没胆量罢了那里一个姑娘家就这樣起
来况且又是庶出他敢怎么他自恃邢夫人的陪房
連王夫人尚另眼相看何况别个今見探春如此只

当探春認真单恼鳳姐与他們無干他便要趁勢作臉[redacted]顯好因越衆向前拉起探春的衣襟故意掀一掀嘻〻笑道連姑娘身上我都翻了果然沒有什庅风姐見他這樣忙說媽〻走罷别瘋〻顛〻的了一語未了只听得响的一声王善保家的臉上早着了一掌探春登時大怒指着王善保家的問道你是什庅東西敢來拉扯我的衣裳我不过看着太〻的面上你又有年紀叫你一声媽〻你就狗仗人势天〻作

耗專管生事如今索性了不得了你也打諒我是同
你们姑娘那様好性兒由着你们欺負你就錯了主
意搜揀東西我不惱你不該由我取笑說着便親身
解衣卸裙拉着凤姐来細細的番着不淂叫奴才来番
我身上凤姐平兒等忙由探春来整裙衭口内唱着
王善保家的說媽媽吃两口酒就瘋瘋顛顛起来前
兒把太太也衝撞了快出去不要提起了劝探春休
淂生氣探春冷笑道我若有氣早一頭碰死了不然

豈許奴才來我身上番賊贓了明早一早我先回过
老太〻然後过去給大娘賠礼該怎広我就領那王善
保家的討了个沒意思在窓外只說罢了这也是頭一
遭挨打我明兒回了太〻仍回老娘家去罢这个老
命还要他作什広探春喝命了环道你們听着他說
話还等我合他对嘴去不成侍書等听說便出去說
道你果然回老娘家去到是我們的造化了只怕你
捨不得去鳳姐咲道好了頭真是有其主必有其僕

探春冷笑道我们作賊人嘴裡都有三言兩語的还
算笨的背地里就只不会調唆主子平兒忙也賠笑
解劝一面又拉待書進来周瑞家的等人劝了一番
凤姐直伏侍待探春睡下方帶着人往对过暖春塢
来彼時李紈犹病在床上他与惜春是緊鄰又与探
春相近故順路先到这兩處因李紈纔吃了藥睡着
不好驚動只到了丫頭們房中一一的搜了一回也
没什麽東西遂到惜春房中来因惜春年輕尚未識

事嚇的不知當尚有什庅事故凤姐也少不得安慰他
誰知竟在入画箱中尋出一包金艮錁子来約有三
四十个为查奸情反得賊贓又有一付金帶板子並
一包男人的靴襪等物入画也黄了臉因問是那里
来的入画只得跪下哭訴真情說这是珍大爺賞我
哥〻的因我老子娘都在南方如今只跟着叔〻过
日子我叔〻嬸子只要喝酒賭錢我哥〻怕交給他
們花了所以每日常得情〻煩老媽〻帶進来教我

収首的惜春胆小見了这亇也害怕說我竟不知道
这还了得二嫂子要打他们好歹带他出去打罢我
听不慣的风姐嘆道这話若果真呢也到可恕只是
不該私自傳送進来这亇可傳得什広不可以傳遞
这到是傳送人的不是了若这話不真倘是偷的你
别想要活了入画跪哭道我不敢撒謊奶〻明日自
管向我们奶〻合大爺去若說不是賞的就拿我合
我哥〻一同打死無怨风姐道这亇自然要问的就

是真賞人的也有不是誰許你私自傳送東西的你
且說是誰作接應我便饒你下次萬〻不可惜春道
嫂子別饒他這次方可這里人多若不拿一个作法
那些大的听見了又不知怎樣呢嫂子若依我也不
依凤姐道素日我看还好誰沒一个錯只這一次二
次犯下二罪俱罰但不知傳遞是誰惜春道若說傳
遞再無別个必是後门上的張媽他常肯合這些〻了
頭鬼〻祟〻的這些〻了頭们也都肯照僱他凤姐听說

便命人記下将東西交給周瑞家的暫拿着明日对
明再議于是別了惜春方往迎春房里来迎春已經
睡着了丫环们也纔要睡眾人扣门半日纔開凤姐
分付不必驚動小姐遂往丫环们房里来因司棋是
王善保家的外孫女兒凤姐到要看〻王家的藏私
不藏遂留神看他搜揀先從别人箱子搜起皆無别
物及到司棋箱中搜了一回王善保家的說沒有什
庅東西纔要関箱時周瑞家的道且住这是什庅說

的便伸手掣出一隻男子的錦襪並一双緞鞋又有一个小包袱打開看時裡面是一个同心如意並一个字帖兒一摠遞与凤姐凤姐看時凤姐因当家理事每〻看開帖並賬目也頗識淂几个字了便看那帖子是大紅双箋帖上面寫道上月你来家後父母已覔查你我之意但姑娘未出閣尚不能完你我之心愿若園中可以相見你可托張媽給一个信息若淂在園内相見到比来家淂說話千萬〻〻再所賜香袋

二个今已查收外特寄香珠一串聊表寸心千萬收好表弟潘又安拜具（名字更妙）凤姐看罢不怒而反樂别人並不識字王善保家的素日並不知道他姑表姊弟有这節風流故事見了这鞋襪心内已是有些毛病又見有一紅帖凤姐又看着咲他便説道必是他們胡寫的賬目不成个字所以奶〻見咲凤姐咲道正是这个賬竟算不过来你是司棋的老娘他的表弟也該姓王怎庅又姓潘呢王善保家的見问的奇

怪只道免强告道司棋的姑娘給了潘家所以姑表兄弟姓潘上次逃走的潘又安就是他表弟凤姐咲道这就是了因說我給你听〻說着從頭念了一遍大家都唬了一跳这王善保家的一心只要拿人的錯兒不想反拿着他外孫女兒又氣又燥周瑞家的四人又都向着他道你老可听見了明〻白〻再沒淂說如今這你老人家該怎么樣这王善保家的只狠沒地縫兒趲進去凤姐只瞧着他嘻〻的咲向周

瑞家的咲道这到也好不用你作老娘操一点兒心他
鴉雀不聞的給你們弄一个好女婿来大家省心周
瑞家的咲省湊趣兒王家氣無處洩便自已回手打
自已的臉罵道老不死的娼婦怎庅造下孽了説嘴
打嘴現世報在人眼里叫人見这樣俱咲个不住又
半劝半諷的风姐見司棋低頭不語也並無畏懼慚
愧之意到竟可異此時夜深且不必盤問只怕他夜
间自已去尋拙志遂喚兩个婆子監守起他来帶了

人来拿了贓証回来且自安歇等到明日料理誰知到夜裡又連起来了几次下面淋血不止至次日便竟身体十分軟弱起来發暈遂掌不住請太醫来珍脉畢遂立藥案云看得少奶〻係心氣不足虛火乘脾皆由憂勞所傷以致嗜臥好眠胃虛身弱不思飲食令聊用升陽養榮之劑寫畢遂開了几藥名不過人参当歸黃芪等類之藥一時退出有老媽〻拿了方子回过王夫人王夫人不免又添一番愁悶遂將

司棋等事暫且未理可巧这日尤氏来看凤姐坐了一回到園中去又看李紈緫要望候姐妹去忽見惜春遣人来請尤氏遂到了他房中来惜春便將昨晚一事細〻告訴尤氏又命將入画東西一槩要来與尤氏过目尤氏道实〻是你哥〻賞他哥〻的只不該私自傳送如今官塩竟成了私了因罵入画糊塗油蒙了心了惜春道你们管教不嚴反罵丫頭这些〻姐妹们独我的丫頭这樣沒臉我如何去見人昨

兒我立逼着凤姐〻带了他去他只不肯我想他原是那边的人凤姐〻不带他去也原有道理我今日立正要送他过去嫂子来的恰好快帶他去或打或賣或殺我一概不管入画听說又跪下哭求說再不敢了只求姑娘看從小兒情常好歹生死在一處罢尤氏合奶娘等人都十分分解說他不过一時糊塗了下次再不敢的他從小兒伏侍你一場到底由着他為是誰知惜春虽然年幼却天生成一種百折不

回的亷介孤獨僻性任人怎說他只以為丢了他的
体面咬定牙斷乎不肯更又說的好不但不要入畫
如今我也大了連我也不便往你們那边去了況且
近日我每々風聞得有人背地議論多少不堪的閙話
若去連我也編派上了尤氏道誰議論什庅又有什庅
可議論的姑娘是誰姑娘既听見人議論我們就該
問着他纔是惜春冷笑道你們這話問着我倒好我
一个姑娘只有躲是非的我反去尋是非成个什庅

人了还有一句話我恼好歹自有公論又何必去向人古人說的好善悪生死父子不能有勗助何况你我二人之间我只道保的住我就勾了不管你们[illegible]從此後你们有事別累我尤氏听了又氣又好咲因向地下衆人道怪道人〻都說这丫頭年輕糊塗我只不信你们听纔一片話無緣無故又不知好歹又沒个輕重雖然是小孩子話却又能寒人的心衆媽〻咲道姑娘年輕奶〻自然要吃些虧的惜春冷咲

道我虽年輕這話却不年輕你们不看書不識几个
字所以都是些、獃子看着明白人到說我年輕糊塗
尤氏道你是狀元榜眼探花今古第一个才子我们
是糊塗人不如你明白何如惜春道狀元探花难道
就沒有糊塗的不成可知他们更有不能了悟的更
多尤氏笑道你到好緫、是才子這会子又作大和
尚了又講起悟来惜春道我不了悟我也捨不淂入
画了尤氏道可知你是个口冷心冷心很意很的惜

春道古人曾也說的不作狠心人难為自了漢我清々白々的一丁人為什麽教你們帶累坏了我尤氏心内原有病怕說这些話方纔听說有人議論已是心中羞惱激射只是在惜春分中不好發作忍耐了大半今見惜春又說这句因按捺不住向惜春道怎麽就帶累了你々的了頭的不是無故說我々到忍了这一半天你到越發得了意只管說这些話你是千金萬金的小姐我們已後就不親近仔細帶累了

小姐的美名即刻就㕩入画混了过去説着便賭氣起身去了惜春若是果然不到来也省了口舌是非大家到还清净尤氏也不荅應一逕往那边去了不知後事如何且听下回分解

# 石頭記第七十五回

開夜宴異兆[事]發悲音
賞中秋新詞得佳讖[非]

話説尤氏從惜春處賭氣出來正欲往王夫人處去跟從的老嬷〻們因悄〻的回奶〻且别往上房去纔有甄家幾个人来還有些東西不知作什麼机密事奶〻這一去恐不便尤氏聽了道昨日聽見你爺説邸報甄家犯了罪現今抄没家事調取進京治罪怎麼

又有人來老嫗〻道這是呢後來了幾个女人氣色不
成氣色慌〻張〻的想必有什庅瞞人的事情也是有
的尤氏聽了便不往前去仍往李紈這邊來了恰好太
醫才診了脉去李紈近日也略覺精爽了些擁衾倚
枕坐在床上正欲〔得〕个人來説些閒話因見尤氏進來不
似和藹可親只呆〻坐着李紈因問道你過來這半
日可曾在別屋裡吃些東西沒有只怕餓了命素
雲瞧有什庅新鮮點心揀了來尤氏忙止道不必〻〻

你這一向病著那裡有什庅新鮮東西況且我也不餓
李紈道昨日他姨娘家送来的好茶面子到是對碗
来你喝罷說著便分付人去對茶尤氏仍出神無話跟
的丫頭媳婦們因問奶〻今日中晌尚未洗臉這會子
趁便淨一淨好尤氏点頭李紈忙命素雲来取自己
的粧奩素雲一面取来一面將自己的脂粉拏来笑
道我們奶〻就少這個奶〻不嫌臟這是我的能著用些李
紈道我雖沒有你還該往姑娘們那里取去怎庅公然就拿

出你的来幸而是他若是别人豈不惱呢尤氏咲道這又何妨自己我过来就使他的今日忽又撫起臟来一面説一面盤膝坐在炕沿上銀蝶兒上来忙代為卸去腕鐲戒指又将一大袱手巾盖袱在下節将衣服護嚴了小丫鬟炒豆兒捧了一大盆温水来走至尤氏的跟前只湾腰捧著銀蝶兒咲道一个〻没權变的説一个葫蘆就是一个瓢奶〻不過待咱們寬些在家裡不管怎樣罷了你就得了意不管在家出外坐著親戚也只隨著使了尤氏道你隨他罷横豎洗了就完事了妙

君妙〻白

豆兒赶著跪下尤氏咲道我們家上下大小人只會講外面假礼假体面究竟作出来的事都勾使的了如此說便知他已知昨夜之事李紈笑道你這話有因誰作的事究竟勾使的了尤氏道你到問我你敢是病的死過去了一語未了只聽得人報說寶姑娘来了李紈忙說快請時寶釵已走進来尤氏忙擦臉起身讓坐因問怎麼一个人走来別的姐妹怎麼不見寶釵道正是我也沒見他們只因今日我們奶〻身上不自在家

裡兩个女人也都因時症未起炕别的都靠不得我今兒
要出去伴着老人家夜里作伴兒必要去回老太々太々
我想又不是什庅大事且不用提等好了我横竪進来所
以来告訴大嫂子一聲李紈聽説只看着尤氏笑尤氏只
看着李紈笑一时尤氏盥沐单大家吃面茶李紈因
笑道既這樣且打發人去請姨娘的安问是何病我也
病着不能親咱去的好妹々你去只管去我自然打發了
人去看你的屋子去你好歹住一兩天還進来别叫我落

不是寶釵道落什庅不是呢這也是常情你又不曾
賣收了賊賍依我的主意也不必添人竟把雲丫頭請
了来你和他住一兩日豈不省事尤氏道可是史大妹妹往
那里去了寶釵道才打發他們找探丫頭去了叫他仝
到這里來我明白告訴他正説著果然人報雲姑娘和
三姑娘来了大家讓坐巳以畢寶釵便説要出去一事探
春道狠好不但姨娘好了還進来就是便好了不来也是
理尤氏道這話奇怪怎庅攆起親戚来了探春冷笑

道正是呢有叫人攆的不如我先攆親戚們好也不在必
然死住着才是好咱們到是一家子親骨肉呢一个〻不像
那烏眼鷄不〔恨〕得我吃了你〻吃了我尤氏忙笑道我今兒
是那里来的晦氣偏都磞見你姐妹們的氣頭兒上探
春道誰叫你赶熱灶来了因問誰又得罪了你了因又
尋思道惜了頭也不犯囉唣你却是誰呢尤氏只含糊
答应探春知他畏事不敢多言因笑道你粧老實了除
了朝廷治罪沒有砍頭的你不必畏首畏尾的實告訴

你罷我昨兒把王善保家的那老婆打了我還頂著个罪呢不過背地里說我些閒話難道也還打我不成寶釵忙問因何打他探春悉把昨夜的抄揀怎的打他一一的都說了出來尤氏見探春已說出來了便把惜春方才之事也說了探春道這是他的僻性太過我們再傲不過他的又告訴他們說今日一早不見動靜打聽鳳辣子又病了我就打發我媽媽出去打聽王善保家是怎麽樣回我說王善保家的捱了一頓打嗔著他多事尤氏李紈道這

到也是正理探春冷笑道這種掩飾話就不是了且再瞧
就是了尤氏李紈皆默無所荅一時前頭用飯湘雲和寶
釵回房打点衣裳不在話下尤氏告辭了李紈往賈母這
邊来賈母歪在榻上王夫人說甄家因何獲罪抄家回京
治罪等語賈母聽的不自在恰好是他姐妹来了便問從那
里来可知鳳兒[姐]娌妯兩个的病今日怎樣尤氏忙回道今日都好
些賈母点頭嘆道咱們別[管]人家的事且商量咱們八月十五日
賞月要[要]緊王夫人笑道都已預備下了不知老太〻揀那里

好只是園裡怕夜間風冷賈母笑道多穿兩件衣服
何妨那裡正是賞月的地方豈可不去說話之間早有
媳婦小丫嬛們抬過飯來王夫人尤氏等忙上來放筯捧
飯賈母見自己的几色菜已擺完另有兩大捧盒內捧
了几色菜来便知是各房另外孝敬的舊規矩賈母因
問都是些什麼上几次我就說分付過如今可以把這个免
了罷你們還不聽如今比不得是輻輳的時光了夗央
忙道我說過幾次都不聽也只罷了王夫人笑道不過都

是家常東西今日我吃齋沒有別的東西那些麵觔豆
腐老太〻又不大甚愛吃只揀了一樣椒油蓴齏醬來
賈母笑道這樣正好正想這个吃呢鴛鴦聽說便將碟
子挪在跟前寶琴一〻的都讓了方歸坐賈母命探春
來同吃探春也都讓過了便合寶琴對面坐下侍書忙
去取了碗來鴛鴦又指那几樣菜道這兩樣看不出是什
麼東西來大老爺送來的這一碗是雞髓筍是外頭老
爺送上來的一面說一面就只將這碗筍送至棹上賈母

畧嚐了兩点便命將兩樣著人送回去就說我吃了以後不必天〻送我想吃自然來要媳婦們答應著仍送過去不在話下賈母因問有稀飯吃些罷了尤氏早捧過一碗來是紅稻米粥賈母接來吃了半碗便分付將這粥送鳳哥兒吃去又指這一碗筍和這一盤子風醃菓子狸給顰兒寶玉兩个吃去那一碗肉給蘭小子吃去又向尤氏道我吃了你就來吃罷尤氏答應著待賈母漱了口洗手畢賈母下地和王夫人說閒話兒行食尤氏告

坐探春寳琴二人也起来了笑道失陪〻〻尤氏笑道剩
我一个人大排桌的不慣賈母笑道鴛鴦琥珀趂勢也吃
些又作了陪客尤氏笑道好〻〻我正要説呢賈母笑道
看着多〻的人吃飯最有趣兒又指銀蝶兒道這孩子
也好来和你主子一塊兒吃等你們離了我再立規矩去
尤氏道快過来不必粧假賈母付〔旁邊〕手看着取樂因見
伺候添飯的人手内捧着一碗下人的米飯尤氏吃的仍
是白米飯賈母問道你怎麽昏了盛這个飯来給奶〻

那人道老太太的飯完了今日添了一位姑娘所以短了些些鴛
道如今可都是可着帽子一樣要一点富餘也不能的王
夫人忙回道這一二年涸汗不定田上米都不能按數交的
這幾樣細米更艱難了所以都可着吃的多少關去恐一
時短了買的不順口賈母笑道這正是巧媳婦作不出無
米的粥來眾人都笑起來鴛鴦道既這樣你就去把三姑娘的
飯拿來添也是一樣尤氏笑道我這個就夠了也不用取去鴛
鴦道你夠了我不會吃的地下的媳婦們聽說方忙着取

去了一時王夫人也去用飯這裡尤氏直陪着賈母說話取咲
到起更時候賈母說累了過去罷尤氏方告退出來走
至大門前上了車銀碟坐在車沿下衆媳婦放下簾來便
帶了小丫嬛們直走過那邊大門口等着去了曰二府之门相
隔沒有箭路每日家常来往不必定要周備況天黑夜
晚之間回來的遭數更多所以老嬤〻帶着小丫頭只
歲步便走了過來兩邊大門上的人都列在東西街口早
把行人斷住尤氏大車上也不用牲口只用七八个小厮挽環

拽輪輕〻的便推拽過這邊堦磯上了于是衆小廝退過獅子已外衆婦〻打起簾子銀蝶兒下來然後攙下尤氏來大小七八个灯籠照的十分真切尤氏因見兩邊獅子下放着四五輛大車便知係來赴賭之人所乘向銀蝶衆人道你看坐車的是這樣騎馬的還不知是幾个呢馬自然在圈裡拴着咱看不見也不知他老子掙下多少錢与他們這們開心兒一面說一面已到了廳上賈蓉之妻帶家下衆媳婦們丫頭們也都秉燭接了出來尤氏笑

這幾日家我要偷着瞧瞧他們也沒得便今兒到巧順便打
他們窗户跟前走過去衆媳婦答應着提燈引路又有
先去悄悄的知會伏侍的小廝們不要失驚打怪于是尤氏
一行人悄悄來至窗下只聽里面稱三讚四耍笑笑声雖多又
兼恨五罵六忿怨之聲亦不少原來賈珍近日居喪每不
得遊玩又不得觀優聞樂作遣無聊之極便生了破悶之
法日間以習射為由請了各世家弟兄及富貴親友來較
射因說白白的只管亂射終無禪〔裨〕益不但不能長進而且壞

了式樣必須立个罰約賭个利物大家才有勉力之心因此天香樓
下箭道内立了鵠子皆約定每日早飯後来射鵠子賈珍不
肯出名便命賈蓉作局家這些来的皆係世襲公子人々
家道豐富且都在少年正是鬪鷄走狗問柳評花的一干
游俠紈袴因此大家議定每日輪流作東因每日来射
不便獨擾賈蓉一人之意于是天々宰猪割羊屠鵞戮
鷄好似臨潼鬪寶一般都要賣弄自己家的好廚役好
烹炮不到半月功夫賈赦賈政聽見這般不知就理反

說這才是正理文事悮武事亦漠〔該〕習矣況在武蔭之屬
兩處遂也命賈環賈琮寶玉賈蘭等四人于飯後過來
跟着賈珍習射一回方許回去賈珍志不在此再過一日便
漸次以歇背養力為由晚間或抹抹骨牌賭个酒東而已
到後來以至于賭錢如今乃三四月的光景一日一日賭勝于射
了公然鬬葉擲骰放頭開局竟夜賭起來家下人已
不得如此所以竟成了勢外人皆不知一字近日邢夫人之胞
弟邢德全也酷好如故也在其中又有薛蟠頭一个慣喜

送錢与人的見此豈不快來這邢德全雖係邢夫人之弟却居心行事大不相同這个邢德全只知吃酒賭錢眠花卧柳為樂手中濫漫使錢待人無二心好飲者喜之不飲者亦不去親近無論上下主僕皆出已意並無上下之分因此都呼他傻大舅薛蟠是早已出名的呆大爺今日二人皆湊至一處都愛搶新快爽利便又会了兩家在外間炕上搶新快别的又有几家在當地下大桌上打么番里间又一起斯文些的抹骨牌打天九此间伏侍的小厮

都是十五歲以下的孩子若成丁男人到不了這里故尤
氏方潛至此偷看其中又有兩个十六七歲孌童以備
陪酒的都打扮的玉粧粉琢今日薛蟠又輸了一賬正
没将氣幸而擲二賬定了筭来除番過来剩反贏了
心中甚是幸頭起来賈珍道且打住吃了東西再来因
問那兩處怎樣里頭打天九的也結了賬等吃飯打番
的未清且不肯吃于是各不能顧先擺下一大桌賈珍陪
著吃命賈蓉落後陪那一起薛蟠興頭了便樓著一

个孌童吃酒又命將酒去敬那大舅那邪儍子輸家
喝了兩碗便有些醉意嗔着兩个孌童只敬贏家
不理輸家了曰駡道你們這起兎子就是這樣天天我
們在一處不過我輸了几兩銀子你們就三六九等了難
道從此以後再沒有求我的事了衆人見他帯酒忙
說狠是是果然他們風俗不好曰喝命他敬酒陪罪兩
个孌童都是演就的局套忙都跪下捧酒說我們
這行人師父教的不論遠近親厚只看一時有錢勢就

親敬便是活佛活仙一時沒了錢勢也不許理他況且我們又年輕又居這個行次求舅太爺体恕些我們就過去了說着便舉著俯膝跪下邢大舅心內雖軟了只還作怒意不理眾人又勸道這孩子是實情說話老舅是久慣憐香惜玉的如何今日反這樣起來若不吃酒他兩個怎樣起來邢大舅已掌不住了便道若不是列位說我再不理說着方接過來一氣喝干又斟上一碗來這邢大舅便酒勾往事醉露真情起來乃

拍案對賈珍道怨不得他们視錢如命多少世宦大家出身的若提起錢勢二字連骨肉都認不得了老賢甥昨日和你那邊的令伯母賭氣你可知道否賈珍道不曾聽見邢大舅嘆道就為錢這件混賬東西利害〻〻賈珍深知他与邢夫人不睦每遭邢夫人棄德挾出怨言因勸道老舅你也太散漫些若只管花去有多少給老舅花的邢大舅道老賢甥你不知道我邢家底理我母親去世時我尚小世事不知他姐妹三个人只有你令

伯母年長出閣一分家私都是他把持帶来如今二家
姐雖已出閣他家也甚艱窘三家姐尚在家裡一應用
度都是這里陪房王善保家掌管我便来要錢也
非是要你賈府的我那家ゝ私也就勾我花了無奈
竟不能到手所以有冤無訴處賈珍見他酒後叨ゝ恐人
聽見不雅連忙用話勸解外面尤氏等聽得十分真切
乃悄向銀蝶笑道你聽見這是北院里大太ゝ的兄弟
抱怨他呢可怜他親兄弟还是這樣說這就怨不得

這些人了曰還要聽時正值打幺番的也散了要吃酒曰

有一个问道方才是誰淂罪了老旧我們竟不曾聽見

明白且告訴我評ニ理兩个旧太爺雖然輸了不過輸了几

兩銀子並沒有輸丟了𣬛耙怎麼就不理他了衆人都

（大）太笑起來連邢德全也噴了一地飯尤氏在外面悄ニ

啐了一口罵道你听ニ這一起沒廉恥的小挨刀子的才丟

了腦袋骨子就胡唚（混浸）嚼毛了再肏攮下黃湯去還不

知唚出些什麼來呢一面說一面便進去卸粧安歇到四

更時才散賈珍往珮鳳房里去了次日起來就有人回西瓜月餅都全了只待分派人送賈珍分付珮鳳道你請你奶〻看着送罷我還有别的事呢珮鳳答應了回了尤氏〻〻只得一〻分派遣人送去一回珮鳳又來說爺問奶〻今兒出门不出說咱們是孝家明日十五過不得節今兒晚上到好可以大家應個景兒吃些瓜餅酒菓尤氏道到不顧出门呢那邊珠大奶〻又病了鳳丫頭又睡倒了我再不過去越發沒个人了况且他又不僩應什庅景

珮鳳道爺說了今兒也辭了人直到十六才来呢好歹定要請奶〻吃酒的連晚飯也請奶〻全吃好歹早些囘来叫我跟了奶〻去呢尤氏道既這樣早飯吃什麽快些吃了我好過去珮鳳道爺說早飯在外頭吃請奶〻自已吃罷尤氏問道今兒外頭有誰珮鳳道聽見說有南京新来的到不知是誰說話時賈蓉之妻也梳粧了来見過少時擺上飯来尤氏在上賈蓉之妻在下相陪婆媳二人吃畢飯尤氏便換了衣服仍過榮府来到晚方回

去果餅賈珍煮了一口猪一腔羊餘者桌菜及菓品之数不可
勝記就在彙芳園中叢緑堂上屏開孔雀褥設芙蓉帶
領妻子姬妾先飯後酒開懷賞月作樂將一更时分真是
風清月朗上下如銀賈珍貪要行令尤氏便叫珮鳳等四
个都入席一面一溜坐下猜枚划譁拳飲了一回賈珍有了几
分酒意發高興便命取了一支紫竹簫來命珮鳳吹簫文化
唱曲喉清嗓嫩真令人魄醉魂飛唱畢復又行令那天將
有三更时分賈珍酒已八分大家正添衣服飲茶換盞更酌

之際忽聽那邊墻下有人長嘆之聲大家俱聽見都竦（悚）然
疑畏起來賈珍忙厲聲叱咤問誰在那里連問几聲並沒
有人答應尤氏道必是墻外邊家里人也未可知賈珍説胡
説四面並無下人的房子況且那邊又緊靠祠堂焉得有人
一語未了只聽得一陣風聲竟過墻去了恍惚聞得祠堂內
槅扇開闔之聲只覺得風聲森森比先更覺涼颯起來月
色慘淡也不似先明朗衆婦女都覺毛髮倒竪賈珍酒
已醒了一半只比別人掌持得住些心下也十分畏疑大沒興

頭起来未免强又坐了一會也就歸房安歇去了次日一早
起来乃是十五日帶領衆子侄祠堂行朔望之礼細察祠
內仍是好々的照舊並無怪異之迹賈珍自為醉後自
怪也不提此事禮畢仍閉上門看着鎖起来賈珍夫
妻到晚飯後方過榮府来只見賈赦賈政都在賈母
房中坐着說閑話与賈母取笑賈璉寶玉賈環賈蘭
環皆在地下侍立（旁邊侍坐）賈珍来了都一々見過說了兩句話後
賈母命坐賈珍方在近屋門杌子上告了坐警身（側旁）側坐賈

母笑问道這两日你寶兄弟的箭如何了賈珍忙起身咲道大長進了不但式樣好而且弓也長了一個力氣賈母道這也勾了且别貪力仔细努傷賈珍忙答應几个是賈母道昨兒你送的月餅好西瓜看著好打開却也只罷了賈珍道月餅是一个新來的專做点心的廚子我試了試果然好才敢作了來孝敬的西瓜往年都還可以不知今年怎麽就不好了賈政道大約今年雨水太勤之故賈母咲道此时月已上了咱們且過去上香說著自己便起身扶著寶玉的肩帶領

衆人齊往園中來當下園門俱已大開吊着羊角大灯嘉蔭堂前月台上焚着斗香秉着風燭陳列瓜餅及各色菓品邢夫人等一干女眷在裡面久候真是月明灯彩人氣香煙晶艷氤氳不可形狀地下鋪着拜毯錦褥賈母洗手上香拜畢于是大家皆拜過賈母便說賞月在山上最好因命在那山脊上的大廳上去衆人聽說就忙着在那里鋪設賈母且在嘉蔭堂中吃茶少歇說些閑話一时人回都齊備了賈母方扶着人上山來王夫人等因

回道怕石上滑還是坐竹椅上去賈母道天天有人打掃況且極平穩的寬路何必不疏散疏散筋骨于是賈赦賈等在前導引又是兩個婆子秉着兩把羊角手罩鴛鴦琥珀尤氏等貼身攙扶邢夫人在後圍隨從下逶迤不至百餘步到主山之峯脊上便是這一廠廳因在山之高脊故名曰凸碧山庄在于廳前平台上列下棹椅又用一架大圍屏隔作兩間凡桌之形勢皆是圓的特取團圓之意上面居中賈母坐下左垂首賈赦賈政賈璉賈蓉右垂首賈珍寶玉賈環賈蘭團團圍坐

只坐了桌半壁下面還有半邊餘坐賈母笑道常日到还
不覺人少今日看来究竟偺們的人也甚少算不得甚麼
想當年過的日子到今夜男女三四十个何等熱鬧今日
就這樣太少了待要再叫幾个来都是有父母的家里去
了應景不好来的如今叫女孩們坐那邊罷于是令人向
圍屏後將迎春探春惜春三个請出来賈璉寶玉等
一齊出坐先儘他姐妹坐了然後在下方依次坐定賈
母折一支桂花来命一媳婦立于屏後擊鼓傳花若花

在手中飲酒一杯罰笑話一個先是賈母起次賈赦賈政一
一轉至賈政手中住了只得飲了酒眾姐妹弟兄皆你悄
悄的你揑我一下我扯你一下都暗々的含笑道要聽是何笑話
賈政見賈母喜歡只得承歡方欲說時賈母又笑道若
說的不好了還罰賈政笑道却只一个若說不好也只好
願罰了因笑道一家子一个人最怕老婆只說了這一句
眾人都笑了因從不曾見賈政說過這樣話所以才笑賈
母咲道這必是好的賈政咲道若将老太々吃一杯賈母咲

道自然賈政又道這個怕老婆的人從不敢多走一步偏是那日是八月十五日到街上買東西便遇了朋友死拉活扯到家去吃酒不想醉了在朋友家睡着了第二日醒了後悔不及只得來家陪罪他老婆正洗脚說既是這樣你替我餂一餂就饒你這男人只得給他餂餂未免惡心要吐他老婆便惱了要打說這樣輕狂嚇的他男人忙跪下求說並不是奶奶的臟只因昨兒多吃了黃酒又吃了月餅餡子所以今日有些酸呢說的賈母與衆人都笑了賈

忙斟了一杯酒送与賈母〻〻笑道既這樣快叫人取燒酒
来別叫你們受累衆人又都笑起來于是又擊鼓便從
賈政傳起可巧傳至寶玉手中鼓止寶玉因賈政在座
自是踧踖不安偏又在他手內因想說笑話倘或說不好
了又說沒口才連一个笑話也不能何况別的這也有不是
若是說好了又說是正經的不會只會油嘴貧舌的
更有不是不如不說好乃起身辭道我不能說笑話求再
限別的罷賈政道既這樣限一个秋字就即景作一首詩

若好就賞你若不好明日仔細賈母忙道好〻的行令如
何又作詩賈政道他能的賈母聽説道既這樣就快
作命人取了紙筆來賈政道只不須用些冰玉晶銀
彩光明素等樣堆砌字眼要另出己見試〻你這几年
的才情寶玉聽了便碰在心坎兒上遂立想了四句向紙
上寫了呈與賈政看賈政看了点頭不語賈母見這
般知無甚大不好便問怎麼樣賈政因欲賈母喜悅只説
難為他便不肯念書到底詞句不雅賈母道這就罷了他能

多大定要他做才子不成這就該奬属他已後越發上心了賈
政道正是因回頭命个老嬷〻出去分付書房的小廝把
我海南帶來的扇子取兩把來給他寶玉忙拜謝仍
復歸坐行令當下賈蘭見奬勵寶玉他便出席也作
一首遞与賈政看了喜不自勝遂講于賈母聽賈母也
十分歡喜也忙令賈政賞于是大家復坐行令這次賈
赦手内住了只得吃了酒說笑話因說道一家子一个兒子
最孝順母親病了各處求医不得便請了一个針灸的婆

子来這婆子原不知道脉理只說是心火如今用針灸之法針灸就好了這兒子便慌了說心見鉄即死如何針得呢婆子道不用針心只針肋條就是了兒子道肋條与心甚遠怎麽就能好呢婆子道不妨事你可知天下父母心偏的多呢衆人聽說都笑起来賈母也只得吃半盃酒半日笑道我也得這婆子針一針就好了賈赦聽說便知自己出言冒撞賈母疑了心忙起身笑与賈母把盞以别言解釋賈母亦不好再提且行起令来不料這次花

却在賈環手內賈環近日讀書稍進其脾味中不好

轉正与寶玉一樣故每常有詩詞常有奇詭仙鬼一格今

見寶玉作詩受獎他便技癢只當着賈政不敢造次如

今可巧花在手中便也索紙筆来立揮一絕与賈政看了

亦覺罕異只是詞中終帶著不樂讀書之意遂不悅

道可見是弟兄了發言吐氣總屬邪派将来都是不由

規矩準繩一起下流貨妙在古人中有二難你兩個亦可以

称二難了只是你兩个難字却是作難以教訓的難的

講才好哥〻是公然温飛卿自居如今兄弟又自為曹
唐再世了說的賈赦等都笑了賈赦乃要来瞧一遍連
聲讚好道這詩據我看甚是有氣骨想来偺這樣人家原
比不得那寒酸定要雪窓螢火一日蟾宮折桂方得揚
眉吐氣咱們的子弟都原該讀些書不過比人畧明
白些可以做得官時就跑不了一个官的何必多费了功
夫反弄出書獃子来所以我愛他這詩竟不失偺們這
侯門的氣概因回頭分付人去取了自己許多玩物来

賞賜与他因又拍着賈政[環]的肩笑道已後就這樣作去方不失咱們口氣将来這世襲的前程定不跑了你襲呢賈政聽説忙勸道不過他胡謅如此那里就論到後事了説着便斟上酒又行了一回令賈母便説你們去罷自然外頭還有相公們候着呢也不可輕忽了他們況且二更多了你們散了再讓我們娘兒們多坐一回好歇着賈赦等聽了方止了令又大家公敬了賈母一杯酒方帶着子侄們出去了要知端的

# 石頭記第七十六回

## 凸碧堂品笛感悽情
## 凹晶館聯詩悲寂寞

話說賈赦賈政帶領賈政等散去不提且說賈母這里命將圍屏撤去兩席並而為一衆媳婦另行擦桌整菓更杯洗箸陳設一番賈母等都換了衣盥漱吃茶方又入座團團圍繞賈母看時寶釵姐妹二人不在坐內知他們家去圓月去了且李紈鳳姐二人又病着少了四个

人便覺冷清了好些不想這次中秋反寫得十分悽楚賈母曰咲道往年你
老〻爺們不在家咱們還請過姨太〻来大家賞月却十
分熱鬧忽一时想起你老〻爺来又不免想到母子夫妻兒
女不能一處也都有些没興及到今年你老〻爺来了正該
大家團圓取樂又不便請他娘兒們来說〻笑〻况且他們
今年又添了兩口人也難丟了他們跑到這里来偏把鳳
丫頭病了有他一人来還說〻咲〻抵得十个人可見天下
事總難十全說罷不覺長嘆一聲遂命拿大杯来斟熱

酒王夫人笑道今日得母子團圓自比往年有趣往年娘兒們雖多終不似今年自己骨肉齊全的好賈母笑道正是為此所以我才高興拿大杯来斟酒你們也換大杯纔是邢夫人等只得換上大杯来因夜深体乏且不能勝酒未免都有倦意了無奈賈母興猶未闌只得陪飲賈母又命將罽氈於階上鋪下命將月餅西瓜菓品之類都叫搬下去令丫頭媳婦們也都團〻圍坐賞月賈母因見月至中天比先越發精采可愛因說如此好

月不可不聞笛回命人將十番上女孩子傳來賈母道音樂多了反失雅致只用吹笛的遠遠的吹起來就彀了說畢剛去吹時只見跟邢夫人的媳婦走來向邢夫人前說了兩句話賈母便問什麽事那媳婦便回說纔方老爺出去被石頭絆了一下跮了腿賈母聽說忙命兩個婆子快看去又命邢夫人快去邢夫人遂告辭起身賈母便又說珍哥媳婦也趁着便就家去罷我也就睡了尤氏笑道我今日不回去了定要和老祖宗吃一夜賈母

咲道使不得使不得你們小夫妻家今夜必要團圓如何為
我擔擱了尤氏紅了臉笑道老祖宗説的我們太不堪了
我們雖然年輕已經十來年的夫妻也奔四十歲的人
了況且孝服未滿陪著老太太頑一夜還罷了豈有自去團
圓的理賈母聽説咲道這話很是我到也忘了孝未滿
可憐你公公轉眼已是二年多了可是我到忘了該罰我一
大杯既是這樣你就索性別去陪著我罷你叫蓉兒媳
婦過去就順便回去罷尤氏説了蓉妻答應著送出邢

夫人一同至大门各自上車回去不在話下這里賈母仍

帶衆人賞了一回桂花又席敎換暖酒来正説著閑話猛

不防只聽那壁廂桂花樹下嗚嗚咽咽悠悠揚揚吹出笛

韻来趁著這明月清風天空地静真令人煩心頓解萬

慮消除都肅然危坐黙黙相賞聽約盞茶時方纔止住

大家稱讚不已于遂又斟上暖酒来賈母笑道果然可

聽麽衆人笑道實在可聽我們也想不到這樣須得老

太太帶領著我們也得開些心胸賈母道這還不大好須

淂揀那曲譜中越慢的曉來越好説着便將自己吃的一个內造瓜仁油松穰月餅又命斟一杯熱酒送給譜笛之人慢ゝ的吃了再細ゝ的吹一套來媳婦們荅應了方送去只見方纔瞧賈赦的兩个婆子回來説瞧了右腳面上白腫了些如今調服了藥疼的好些了也不甚大關係賈母點頭嘆道我也太操心淂緊説我偏心我反這樣因就將方纔賈赦的笑話說与王夫人尤氏等聽王夫人曰笑勸道這原是酒後大家説笑不留心也是有的豈有敢説老太太之

裡老太〻自當解釋纔是只見死央拿了軟巾斗兜
與大斗蓬來說夜深了恐露水下來風吹了頭須要
添了這个坐〻也該歇了賈母道偏今兒高興你又來
催難道我醉了不成偏到天亮因命再斟酒來一面
帶上兜巾披了斗篷大家陪着又飲說些笑話只聽桂
花陰裡嗚〻咽〻裊〻悠〻又發出一縷笛音來果真〔然〕比先
越發淒涼大家都寂寞而坐夜靜月明且笛聲悲怨
賈母年高帶酒之人聽此聲音不免有觸于心禁不住

墮下淚来衆人此時都不禁凄凉寂歷之意半日方知賈母傷感纔忙轉身陪笑發語解釋轉身妙画出對月吹笛如痴如呆不覺尊長在上之形景矣又命換暖酒且住了笛尤氏笑道我也學了一个笑話說与老祖宗解々悶賈母免强笑道這樣更好快說来我聽尤氏乃說道一家子養了四个兒子大兒子只一个眼睛二兒子只一个耳朵三兒子只一个鼻子眼四兒子倒都齊全偏又是个啞吧正說到這裡賈母已朦朧雙眼似有睡去之態総說出凄凉無興景況来尤氏方住了忙和王夫人輕々的請醒賈母

睁眼咲道我不過白閑〻眼養〻神你們只管說我聽著呢（諸匜）王夫人等咲道夜已四更了風露也大請老太〻安歇罷了明日再賞十六也不辜負這月色賈母道那里就四更了王夫人咲道實已四更他們姊妹們熬不過去睡了賈母聽說細看了一看果然都散了只有探春一人在此賈母咲道也罷你們也熬不慣夜況且弱的弱病的病去了倒省心只是三丫頭可憐尚還等著你也去罷我們散了說著便起身吃了一口清茶便有預備下的

竹椅子小轎圍著手蓬坐上兩个婆子擡起衆人圍隨出園去了不在話下這里衆媳婦收拾杯盤碗著时却少了个細茶杯各處尋覓不見又問衆人必是誰失了手打了撂在那里告訴我拿了磁瓦去交收是証見不然又說偷起來了衆人都說沒有打了只怕跟姑娘的人打了未可知你細想想或問問他們去一語未了提醒了這管傢伙的媳婦因笑道是了那一會記得是翠樓拏著的我去問他說著便去找時剛下了甬路就遇見了紫鵑和翠樓兩个来了翠

樓便問道老太〻散了可知我們姑娘那里去了妙這媳婦
道我來問那一个茶鍾往那里去了你們問我要姑娘翠
樓咲道我因倒茶給姑娘吃的醜眼回頭就連姑娘也沒了
那媳婦道太〻纔說都睡覺去了你不知那里頑去了还
不知道呢翠樓和紫鵑道斷乎没有悄〻的睡去之理只
怕在那里走了一走如今老太〻散了赶過前邊送去也未
可知我們且往前邊找〻去那媳婦道有了姑娘自然你的茶鍾也
有了明兒就和你要罷說畢回去查收傢伙這裡紫鵑

和翠縷便往賈母處來不在話下原來黛玉和湘雲二
人並未曾去睡覺只因黛玉見賈府中許多人賞月賈
母猶嘆人少不似當年熱鬧又提寶釵姊妹家去母女
弟兄自去賞月等語不覺對景感懷自去俯欄垂淚
寶玉近因晴雯病勢甚重諸務無心王夫人再四遣他
去睡他便去了探春又因近日家事惱也無暇遊玩雖
有迎春惜春二人偏又素日不大甚合所以只剩下湘雲
一人寬慰他因說你是個明白人何必作此形景自苦我

也合你一樣我就不似你這樣心窄何况你又多病還不自己保養可恨寳姐〻姊妹天〻說親道熱早已說今年中秋要大家一處賞月必要起社大家聯句到今日便棄了咱们自己賞月去了社也散了詩也不作了到是他們父子叔姪縱横起你可知宋太祖說的好卧榻之側豈許他人酣睡他们不作咱们兩個竟作詩聨句起來明日羞他們一羞黛玉見他這般勸慰不好負他的豪興因笑道你看這裡這等人嘈雜有何詩興湘雲笑道這山上賞

月雖好終不及近水賞月更妙你知道這山坡底下就是池沼山坳里近水一个所在就是凹晶館可知當日蓋這園子時就有學問這山之高處就叫凸碧山之低窪處就叫作凹晶這凸凹二字歷來用的人最少如今直用作軒館之名更覺新鮮不落窠臼可知這兩處一上一下一明一暗一高一矮一山一水竟是特因玩月而搆此兩處有處（慮）那山高月小的便往在那里有處那皓月清波的便往在那里去只是這兩个字俗念作窪拱二音便說俗了不大見

用只有陸放翁用了一个凹字說古硯微凹聚墨多還有人批他俗豈不可笑林黛玉道也不止放翁用古人中用者太多如江淹青苔賦東方朔神異經以致畫記上云張僧繇畫一乘寺的故事不可勝舉只是今人不知誤作俗字用了實和你說罷這兩个字還是我擬的呢因那年試寶玉因他擬了幾處也有存的也有刪改的也有尚未擬的這是後來我們大家把這沒有名色的也都擬了出来注了出處寫了這房的坐落一併帶進去與大姐姐

瞧了他又帶出来命詒舅〻到喜歡起来又説早知這様
那日就該叫他姐妹一并擬了豈不有趣所以凡我擬的
一字不改都用了如今就往凹晶館去看〻説着二人便下
了山坡只有一轉彎就是池沿〻上一帶竹欄杆相接直
迎着那邊藕香榭的路徑因這幾間就在山懷抱之
中乃凸碧山庄之退居因窪而近水故見（題）其額曰凹晶
館溪曰此處房宇不多且又矮小故只有兩个老婆子
上夜今日打聽得凸碧山庄的人應差遊與他們無干這

兩个老婆子倒了月餅菓品并犒賞的酒食來二人吃得已醉且飽早已息灯黛玉湘雲見息了灯湘雲笑道到是他们睡了好咱们就在這捲棚底下賞這水月如何二人遂在兩個湘妃竹墩上坐下只見天上一輪皓月池中一輪水月上下爭輝如置身於晶宮鮫室之內微風一過粼粼然池面皺碧鋪紋真令人神清氣爽湘雲笑道怎得這會子坐上船吃酒到好這要是我家裡這樣我就立刻坐船了黛玉笑道正是古人常說的好事若求全何所

樂據我說這也罷了偏要坐船起來湘雲笑道得隴望蜀之人之常情可知那些老人家說的不錯說貧窮之家自爲富貴之家事事趁心告訴他說竟不能隨心他不肯信的必得親歷其境他方知覺了就如咱們兩個雖父母不在然卻也忝在富貴之鄉只你我就有許多不遂心的事黛玉笑道不但你我不能趁心就連老太太太太以至寶玉探了頭等人無論大事小事有理無理其不能各遂其心者同一理也何況你我旅居客寓之人哉湘

雲聽説恐怕黛玉又傷感起来忙道休説這些閑話

咱們且聯詩正説間只聽笛韻悠揚起来黛玉笑道

今日老太〻太〻高興了這笛子吹的有趣到是助咱們的

興趣了咱兩个都愛（作）五言就是五言排律罷湘雲道限

何韻黛玉笑道咱們數這个欄杆直棍這頭到那頭

為上他是第几根就用第几韻若是十六根便是一先起

這可新鮮湘雲笑道這到別致于是二人起身便從頭數

至盡頭止得十三根湘雲道偏又是十三元了這个韻少作排

律只怕牽强不能壓韻呢少不得你先起一句罷了黛玉笑道到要試試偺們誰强誰弱只是沒个紙筆記湘雲道不妨明兒再寫只怕這一点聰明還有黛玉道我先起一句現成的俗語罷因念道

三五中秋夕

湘雲想了一想道

清遊擬上元　　撒天箕斗燦

林黛玉笑道

匝地管絃繁　　幾處狂飛盞

湘雲笑道這一句幾處狂飛盞有些意思這到要對的好呢想了一想笑道

誰家不啓軒　　輕寒風剪剪

黛玉道好對的比我的却好只是這句又說熟了就該加勁說了去才是湘雲笑道詩多韵險也要鋪陳些才是縱有好的且留在後頭黛玉笑道到後頭沒有好的我看你羞不羞于是又聯道

良夜景暄〻　　争餅嘲黄髮

湘雲笑道這句不好杜撰用俗筆来難我了黛玉笑道我說你不曾見過書呢吃餅是舊典唐書唐志你看了来再說湘雲笑道這也難不倒我〻也有了因聯道

分瓜笑綠媛　　香新榮玉桂

黛玉笑道分瓜可是實〻你的杜撰了湘雲笑道明日偺們对查了出来大家看〻這会子别耽悮了工夫黛玉笑道雖如此下句也不好不犯着又用玉桂金蘭等字樣来塞責因聯道

色健茂金萱　爉蠋輝瓊宴

湘雲笑道金萱二字便宜了省了多少力這樣現成的被你得了只是不犯著替他們頌聖去況且下句你也是塞責了黛玉笑道你不說了玉桂難道我強對了金萱麽再也要補陳些富麗方是方才即景之實事湘雲只得又聯道

觥籌亂綺園　分曹尊一令

黛玉笑道下句只是難對些因想了一想聯道

射覆聽三宣　骰彩紅成点

湘雲笑道三宣有趣竟化俗成雅了只是下句又說上殿了少

不得聯道

傳花鼓濫喧　　晴光摇院宇

黛玉笑道對的却好下句又溜了只管拏些風月來塞責

湘雲道究竟沒說到月上也有點綴〻〻方不落題黛玉道

且姑存之明日再斟酌曰聯道

素彩接乾坤　　賞罰無賓主

湘雲道又說他們作什麽不如說咱們只得聯道

吟詩序仲昆　構思時倚檻

黛玉道這可以入上你我了曰聯道

擬景或依門　酒盡情猶在

湘雲説道這時候了乃聯道

更殘樂已諼　漸聞語諠笑寂

黛玉道説這時候可知一步難似一步了因聯道

空剩雪霜痕　堦露團朝菌

湘雲咲道這一句怎麽押韻讓我想想曰起身負手想了

一想因咲道彀了幸而想出一个字来我手敗了因联道
庭煙斂夕棔
秋湍寫石髓
黛玉聽了不禁也起身叫妙說這促狭鬼果然留下好的這
會纔說棔字虧你想得出湘雲道幸而昨日看歷朝
文選見了這个字不知是何樹因要查一查寶姐姐說不用
查這就是如今俗叫作明開夜合的我信不及到底查了一查
果然不錯看來寶姐姐知道的竟多黛玉咲道棔字用在此時更恰
也還罷了只是秋湍一句虧你好想只這一句別的都要抹倒我少不得打

起精神来對這一句只是再不能似這一句了回想了一想道

風葉聚雲根　　寶婺情孤潔

湘雲道這對的也還好只是下一句你也溜了幸而是景中情

不單用寶婺来塞責因聯道

銀蟾氣吐吞　　藥經靈免〔兎〕搗

黛玉不語点頭半日隨念〔聯〕道

人向廣寒犇　　犯斗邀牛女

湘雲也望月点頭聯道

乘槎訪帝孫　虛輪盈莫定

晦朔魄空存　壺漏聲將涸

黛玉笑道又用比興了曰聯道

湘雲方欲聯時黛玉指池中黑影与湘雲看道你看那河裡怎麼像个人在黑影裡去了敢是个鬼湘雲笑道可是又見了鬼了我是不怕鬼的等我打他一下曰彎腰拾了塊小石片向那池中打去只聽的打得水响一个大圓圈將月影蕩散復聚者幾次寫得出試思若非親歷其妙境者如何模寫得如此只聽那黑影裡嘎然一聲却

飛起一个白鶴来直往藕香榭去了黛玉笑道原来是他猛
然想不到反嚇了一跳湘雲想到這个寉有趣到助了我了因聯道

窓灯煙已昏　　寒塘渡鶴影

林黛玉聽了又叫好又跺足說道了不得這鶴真是助他的了
這一句寒塘渡鶴何等自然何等現成何等有景且又新鮮我竟
要擱筆了湘雲笑道大家細想就有了不然就放著明日再聯也可
黛玉只看天不理他半日猛然笑道你不必撈嘴我也有了你聽々因聯道

冷月葬詩魂

湘雲拍手讚道果然好極非此不能對好个葬詩魂因又嘆道詩固新奇只是太頹喪了些况你現病着不該作此過于淒凉奇譎（詭）之語黛玉笑道不如此如何壓倒你下句還未得只爲用在這句了一語未了只見欄外山石後轉出一人來笑嘻嘻說道好詩好詩果然太悲凉了不必再往下聯若底下只這樣去反不顯這兩句了倒覺得堆砌牽強二人不防倒嚇了一跳細看却是妙玉二人皆詫異（詫異原可）因問你如何到了這裡妙玉道我聽見你們大家賞月又吹的好笛我也出來

玩賞這清池皓月順脚走到這裡忽聽見你兩个聯詩更覺清雅異常故此就聽住了只是方才我聽見這一首詩中有幾句雖好只是過於頹敗悽愴此亦關人之氣數所以我出来止住如今老太〻都已早散了滿園的人想俱已睡熟你兩个了頭還不知在那裡找你们呢也不怕冷了你们快同我来到我那里去吃杯茶只怕就天亮了黛玉笑道誰知道就是這个時候了三人遂一同来至櫳翠庵中只見龕焰猶青炉香未盡幾个老嫗〻也都睡

了只有小螺在蒲團上垂頭打盹妙玉唤他起来現去烹茶忽聽叩门之聲小丫螺忙去開门看時却是紫鵑翠縷与幾个老媽〻来找他姊妹兩个進来見他們正吃茶因都笑道叫我們好找一个園裡走遍了連璉太〻那里都找到了纔到了那山坡底下小庭裡找時可巧那里上夜的正睡醒了我們問他們〻〻說方纔庭外頭棚下兩个人說話後来又添了一个人聽見說大家往菴裡去我們就知道是這裡了妙玉忙命小丫螺引他們到那边

去坐著歇息吃茶自已卻取了筆硯紙墨出來將方
纔的詩命他二人念著從頭寫出來黛玉見他今日十
分高興便笑道從來沒有見這樣高興若不見你這
樣高興我也不敢唐突請教這還可以見教否若不堪
時便就燒了若還可改即請改正妙玉笑道也不敢妄改
評讚這是這纔有了廿二韻我意思想著你二位警
句已出再若續時到恐後力不加我竟要續貂又恐有
玷黛玉從沒見過妙玉作詩今見高興如此說果然如

此我们雖不將亦可以帶將了妙玉説如今收結還要收到本来面目上去若只管丟了真情真事且去搜奇撿怪一則失了咱們閨閣面目二則也与題目無涉了林史二人皆道極是妙玉遂提筆一揮而就遞与他二人道休要見咲依我必須如此方翻轉過来雖前頭有淒楚之句亦無甚碍了二人接了看时見他續道

香篆鎖金鼎　脂冰膩玉盆　簫憎嫠婦泣
衾倩侍兒温　空帳悲文鳳　閑屏掩彩鸞

露濃苔更滑　霜重竹難捫　猶步縈紆沼
還登寂歷原　石奇神鬼搏(攫)　木怪虎狼蹲
贔屭朝光透　罘罳曉露屯　振林千樹鳥
啼谷一聲猿　歧熟焉忘徑　泉知不問源
鐘鳴櫳翠寺　雞唱稻香村　有興悲何繼
無愁意豈煩　芳情只自遣　雅趣向誰言

後書右中秋夜大觀園即景聯句三十五韻黛玉湘雲二人皆讚賞不已說可見我們天天是捨近而求遠現有

這樣詩仙在此却天〻去紙上談兵妙玉笑道明日再潤色此時想已天明快了到底要歇息〻〻纔是林史二人聽說便起身告辭帶領丫嬛出來妙玉送至门外看他們去遠方掩门進來不在話下這裡翠縷向湘雲道大奶〻那里還有人等著咱們睡去呢如今還是那里去好湘雲笑道你順路告訴他們叫他們睡罷我這一去未免驚動病人不如鬧林姑娘半夜去罷說著大家走至瀟湘館中有一半人已睡去二人進去方纔卸粧寬衣盥漱已

畢方上床安歇紫鵑放下綃帳移燈掩門出去誰知湘雲有擇息之病雖在枕上只白睡不着黛玉又是个心血不足常〻先眠今日又錯過困頭自然也是睡不着二人在枕上翻來覆去黛玉因問道你怎麼還不睡湘雲微嘆道我有擇息的病況且走了困只有端〻罷你怎麼也睡不着黛玉嘆道我這睡不着也並非今日了大約一年之中通共也只好睡十夜滿足的湘雲道却是你病的原故所以不足不知下文什麼且聽下回分解

# 石頭記第七十七回

俏丫嬛抱屈夭風流
美優伶斬情歸水月

話說王夫人見中秋已過鳳姐已比先減了雖未大愈然亦可以出入行走得了仍命大夫每日胗脈服藥又開了丸藥方來配調經養榮丸因用上等人參二兩王夫人命取時尋了半日只向小匣內尋了幾枝簪挺粗細的王夫人看了嫌不好命再找去又找了一大包

来都是續宋王夫人息燥道用不着偏有但用時再找不着成日家我說叫你們查一查都歸攏在一處你們再不聽就隨手混撂你們不知他的好處用起来得多少換買来還不中使呢彩雲道想是没了就只有這个上次那邊的太〻来尋了些去太〻都給過去了王夫人道没有的話你再細找〻彩雲只得又去找又拿了幾包藥材来說我們不認得這个請太〻自看除了這个再没了王夫人打開看時也都忘了不知都是什麼並

沒有一枝人參因又一面遣人去問鳳姐有無鳳姐未說也只有些參膏蘆鬚雖有幾枝也不是上好的每日還要煎藥用呢王夫人聽了只得向邢夫人那里問去曰上次沒了才往這裡来尋早已用完了王夫人沒法只得親問賈母賈母忙命夗央取出當日所餘的来竟還有一大包皆有手指頭粗细的不等遂称了二两与王夫人王夫人出来交与周瑞家的拿出命小廝送与医生家去又命人將那幾包不能辨的也帯了去命医生認了

各記號上來一時周瑞家的又拿了進來說這一包都記上名字了但這包人參固然是上好的如今就是卆十換也是不能得的但年代太陳了這東西比別的不同憑是怎樣好的只過一百年後便自己就成了灰了如今這個雖未成灰然已成朽糟爛木也無性力的了請太太收這個倒不拘粗細好歹再換些新的到好王夫人聽了低頭不語半日才說這可沒法了只好去買二兩來罷也無心看那些只命都收了罷因問周瑞家的你就去說與外頭的

人揀好的換二兩来倘或一时老太太問你們只說用的是老太太的不必多說周瑞家的要去时寳釵因在坐乃笑道姨娘且住如今外頭賣的人參都没有好的雖有一枝全的他們必截作兩三段鑲上蘆泡鬚枝摻匀了好賣看不得粗細我們鋪子里常和參行交易如今我去和媽說了叫哥哥去托个伙計過去和參行商議說明叫他把未作的原枝好參兑二兩来不妨咱們多使几兩銀子也得了好參王夫人笑道到是你明白就難為你親自走

一淌明白了是寶釵去了半日回来說巳差人去赶晚上就有回信明日一早去配也不遲王夫人自是喜歡因說道賣油娘子水梳頭自来家里有好的丟的不知給人多少這會子輪到自巳用反到各處求人去了說畢長嘆寶釵笑說這東西雖然值錢究竟不過是藥原該濟衆散人才是咱們比不得那沒見世面的人家得了這个就珍藏密斂的王夫人点頭道這話極是一時寶釵去後因見無人在家遂喚周瑞家的来問前日園

中搜檢的事情可得下落周瑞家的道是已和鳳姐
等人商議停妥一字不隱遂回明王夫人〻〻聽了雖驚且
怒却又作難因思司棋係迎春之人皆係那邊的人只得
令人去回邢夫人周瑞家的回道前日那邊太〻嗔著王
善保家的多事打了几个嘴把子如今他也粧病在家
不肯出頭了况且又是他外孫女兒自己打了嘴他只好粧
个忘了日久平服了再説如今我们过去回时恐怕又多心
到像似咱们多事的不如直把司棋帶過去一并連贓証

与那邊太々瞧了不過打一頓配了人再指个丫頭来豈
不省事如今白告訴去那邊太々再推三阻四的又說既
這樣你太々就該料理又来說什么了豈不反耽擱了倘或
那丫頭瞅空尋了死反不好了如今看了兩三天人都有
个偷懶倘一時不到豈不到美出事来王夫人想了一想
說這也到是办了這一件再办咱們家的那些妖精周瑞家
的聽說會齊了那几个媳婦先到迎春房裡回迎春道
太々們說了司棋大了連日他娘求了太々々々也賞了配人々

日叫他出去另挑好的与姑娘使說著便命司棋打点
走路迎春聽了似有含泪不舍舍之意因前夜已聞得别的
了鬟悄悄的說了原故雖数年之情難捨但事関風化化
無可如何了那司棋也曾求了迎春寔指望迎春能死保
救下的只是迎春語言遲慢耳軟心活是不能作主的司
棋見了這般知不能免因哭道姑娘好狠心哄我這兩日
如今怎麼連一句話也沒有周瑞家的等說道你還（就是）姑娘
留的你下你也難見園裡的人了依我們的好話快快收了這

様子到是人不知鬼不覺的去罷了大家体面些迎春含泪道我知道你幹了什麽大不是我还十分說情留下豈不連我也完了你瞧入画也是幾年的怎麽說去就去了自然還不止你兩个想這園子裡凡大的都要去呢依我說將來終有一散不如你各人去罷周瑞家的道所以到底姑娘明白還有打發的人呢你放心罷司棋無法只得含泪与迎春磕頭和衆姊妹告别又向迎春耳邊說好歹打聽我受罪替我說个情兒就是主

僕一場迎春含泪答應放心于是周瑞家的等人帶了司棋出去院门又命兩个婆子將司棋所有的東西都与他拏着走了沒幾步後頭只見綉橘赶来一面也擦着泪一面遞与司棋一个絹包說這是姑娘給你的主僕一塲如今一旦分離這个与你作个想念罷司棋接了不覺更哭起来了又和綉橘哭了一回周瑞家的不奈煩只管催促二人只得散了司棋因又哭告道嬸嬸大娘們好歹略徇个情兒如今且歇一歇讓我相好的姊妹跟前辭一辭也

是我们這幾年好了一塲周瑞家的等人皆各有事務作這些事便是不已了况且又深恨素日他们大樣如今那里有功(夫)聽他的話因冷咲道我勸不(如)走了罷别拉拉扯扯的了我们还看正緊(經)事呢誰是你一个衣包裡爬出来的辝他们作什麽他们看你的咲聲還看不了呢你不過是挨一會罷了難道就算(了)不成依我快走罷一面說一面總不住脚直帶着從後角门出去了司棋無奈又不敢再說只得跟了出来可巧正值寶玉從外而入一見帶

了司棋出去又見後面抱着些東西料着此去一再不能
来了因聞得上前夜之事晴雯之病亦因那日加重細閙問
晴雯又不説是為何上月又見入画已去今又見司棋亦
走不覺如喪魂魄一般因忙攔住問道那里去周瑞
家的等皆知寶玉素昔行為又恐嘮叨悞事因笑道
不干你事快念書去罷寶玉笑道好姐々們且站一站
我有道理周瑞家的便道太々的話不許少挨一刻又
有什麽道理我們只知遵太々管不得許多司棋見

了寶玉因拉住哭道他们作不得主你將我求〻太〻去寶玉不禁也傷心含泪說道我不知你〻作了什麼事晴雯也氣病了如今你又去都要去了這却怎麼好周瑞家的發燥向司棋道你如今不是副小姐了若不聽說我就打得你了別想着往日有姑娘護着任你们作耗越說着还不將〻的走如今又和小爺拉〻扯〻的成个甚麼体統那幾个小媳婦不由分說拉著司棋出去了寶玉又恐他们去告舌恨的只瞪著他们看已去遠了方指著

恨道奇怪〻〻怎庅這些人一嫁了漢子染了男人的氣味就這樣混賬起来比男人更可殺了守園门的婆子聽了不禁好笑起来因問道這樣說凡女兒各〻是好的女人各〻是壞的了寶玉点頭道不錯〻〻婆子们笑道還有一句話我们糊塗到要請教方欲說时只見几个婆子走来忙說道你们小心傳齊了伺候此时太〻親自来園裡在那里查人只怕還查到這裡来呢又吩咐快叫怡紅院的晴雯姑娘的哥嫂来在這里等着領出他妹〻去因又

咲道阿彌陀佛今日天睁了眼把這一个禍害妖精退送了大家清淨些寶玉一聞得王夫人進来親查將定晴雯也跕不住了早飛也似赶了去所以這後来趁願之語竟未到聽見寶玉及到了怡紅院只見一羣人在那里王夫人在屋裡坐著一臉怒色見寶玉也不理晴雯四五日水米不曾沾牙如今從炕上拉了下来蓬頭垢面两个女人攙架起来去了王夫人分付只許把他貼身衣服撂出去餘者好衣服留下給丫頭們穿又命把這裡所有的丫頭

們都叫来一一過目原来王夫人自那日着惱之後王善保家的趂勢告倒了晴雯本受有人和園中不睦的有隨機趂便下了些話王夫人皆記在心是節間有礙故忍了兩日今日特来親自閱人一則為晴雯猶可二則因竟有人指寳玉為由說他大了已觧人事都由屋裡的丫頭們不長進教習壞了因這事更比晴雯一人較盛乃從襲人起已至極小的粗活小丫頭們个个親自看了一遍因問誰是和寳玉一日的生日本人不敢答應老媽媽指道這

一个蕙香又叫作四兒的是同寳玉一日生日王夫人細看了一看雖比不上晴雯一半却也有几分水色視其行止聰明皆露在外面且也打扮的不同王夫人冷笑道這也是个不怕臊的他背地里說的同日生日就是夫妻這可是你說的打諒我隔的遠都不知道呢可知我身子雖不大來我的心耳神意時時都在這裡難道我一个寳玉就白放心憑你們勾引壞了不成這个四兒見王夫人說着他素日和寳玉的私語不禁紅了臉低頭垂泪王夫人

即命也快把他家的人叫来領出去配人又问誰是耶律
雄奴老媽〻們便將芳官指出王夫人道唱戲的女孩子
自然是狐狸精了上次放你們〻〻又懶待去可就該安
分守已纔是你就成精鼓搗起来調唆着寶玉無所
不為芳官咲辯道並不敢調唆什麼王夫人咲道你還強
嘴我且问你前年我們往皇陵上去是誰調唆寶玉
要柳家的丫頭五兒幸而那丫頭短命死了不然進来
了你們又連夥聚黨遭害這園子你連你的乾娘都欺

倒了豈止别人因喝命喚他乾娘來領去就賞他外頭
自尋个女壻去罷把他的東西一槪給他又吩咐上年凡
有姑娘分的戲女孩子們一槪不許留住園裡都令其各
人乾娘帶出自行聘嫁一語傳出這些乾娘皆感恩稱願
不盡都約齊來与王夫人磕頭回去王夫人又滿屋裡搜揀
寳玉之物凡畧有眼生之物一并命人收的收捲的捲着人
拏到自已房內去了因説這纔干淨省得旁人口舌因又
吩咐衆人麝月等你們小心往後再有一点分外之事我一槪

不饒因教人查看了今年不宜遷挪暫且挨過今年明年一并給我仍舊搬出去心淨説畢茶也不吃遂帶領衆人又往别處閲人且説不到後文如今且説寶玉只當王夫人不過来搜檢搜檢無甚大事誰知竟這樣雷嗔電怒的来了所責之事皆係平日私語一字不爽料必不能挽回的雖心下恨不能一死但王夫人盛怒之際自不敢多言一句多動一步一直送王夫人到沁芳亭王夫人命回去好生念念那書仔細明兒問你纔已發下恨了寶玉聽如此

説方回来一路打算雖這様犯舌況這裡事也無人知道如何就都説着了一面想一面進来只見襲人在那裡垂泪且去了心上第一等人豈不傷心便倒在床上也哭起来襲人知他心内別人還猶可獨有晴雯是第一件大事乃推他勸道哭也不中用了你起来我告訴你晴雯今日已经好了他這一家去到心淨養几天你果然舍不得他等太々氣消了你再求老太々慢々的叫他進来也不難不過太々偶然信了人的誹言一时氣頭上如此罷了寶玉哭

道我究竟不知睛雯犯了何等滔天大罪襲人道太〻
只嫌他生的太好了未免輕佻些在太〻是深知這樣人
似的人必不安靜所以很嫌他像我們這粗〻笨〻的倒好寶
玉道這也罷了咱們私自頑話怎麽也知道了又没外人走
風這可奇怪襲人道你有甚忌諱一时高興了你就不管
有人無人了我也曾使過眼色也曾遞過暗號被那人已
知道了你反不覺寶玉道怎麽人〻的不是太〻都知道
單不挑出你和麝月秋紋來襲人聽了這話心内一動低

頭半日無可回答因復笑道正是呢若論我們也有頑
笑不留心的孟浪去處怎麼太太竟忘了想是還有別的
事等完了再發放我們未可知寶玉哭道你是頭一个
出了名的至善至賢之人他兩个又是你陶冶教育
的焉得還有孟浪該罰之處只是芳官尚小過于伶俐
些未免倚強壓倒了人惹人厭四兒是我悞了他還是
那年我和你拌嘴的那日起叫上來作些細活未免奪占
了地位故有今日只是晴雯也是和你一樣從小兒在老

太〻屋裡過来的雖然他生得比人強些也沒有正妨碍
去處就只是他的情性爽利口角鋒鋩些〻究竟也未曾得
罪你們想是他過于生得好了反被這好所悞説畢復又
哭起来黛〻聽了細揣此話好似寶玉有疑他們之意竟不好
再往前勸因嘆道天知道罷了此時也查不出人来了白
哭一會子也無益了到是養〻着精神等老太〻喜歡時
回明白了再要他来是正理寶玉冷笑道你不必虛寬我
的心等到太〻平服了再瞧勢頭去要時知他這病等得等

不得他自幼上來嬌生慣養何嘗受過一日委曲連我知道
他的性格還時常沖撞了他〻這一下去就如一盆纔抽出嫩
箭的蘭花送到豬窩裡去一般況又是一身重病裡頭一
肚子悶氣他又沒有親爹娘只有一個醉泥鰍姑舅哥
哥他這一去一時也不慣的那裡還等得幾日知道還能見
他一面兩面不能了說着又越發傷心起來襲人笑道可
是你自許州官放火不許百姓點灯我們偶然說一句略妨
礙些的話就說不利之談你如今好〻的咒他是該的了他比別人

姣些也不到這樣起来寳玉道不是我妄口咒他今年春
天已有兆頭的襲人兆问何兆寳玉道這堦下好〻的一棵海
棠花竟無故死了半邊我就知有異事果然挨在他身上
襲人聽了又笑起来說道我待不說又掌不住你太也婆〻
媽〻的了這樣的話豈是你讀書的男人說的草木怎
又關係起人来了若不婆〻媽〻的真也成个獃子了寳
玉嘆道你們那里知道不但草木凡天下之物皆是有
情有理的也和人一樣得了知已便極有靈驗的若用大題

目比就有孔子廟前之檜𣏌前之著諸葛祠前之栢岳武穆墳前之松這都是堂々正大隨人之正氣千古不磨之物世、則萎世治則榮几千百年了殆而復生者几次這豈不是兆應小題目比就是楊太真沉香亭之木芍藥端正樓之相思樹王昭君墓上之艸豈不也靈驗所以這海棠亦應其人將亡此花先就死了半邊驚人聽了這篇癡話又可咲又可嘆因笑道真々這話越發說上我的氣來了那晴雯是个什麽東西就費這樣心思比這些々正經人來還有一說他縂好也

滅不過我的次序去便是這海棠也該先來比我也還輪

不到他想我是要死的了寶玉聽說忙掩他的嘴勸道這

是何苦一个未清你又這樣起來罷了再别提這事到美

的去了三个又饒上一个襲人聽說心下暗喜道若不如此

你也不能了局寶玉道從此休提起全當他们三个死了

也不過如此況且死了的也曾有了沒見我怎樣此一理也如

今且說現在的到是把他的東西瞞上不瞞下悄悄的

打發人送出去与他再或有咱们常日積攢下的錢拿

几吊出去给他養病也是你姐妹好了一場衆人聽了
笑道你太把我们看小器没人心了這話還等你説我才
已將他素日所有衣服以至各什物揔打点下都收在那
里如今人多眼雜又恐生事等到晚上悄悄的叫宋媽媽
给他拿去不但他的我还有些東西送他再者他的月
錢攢下几吊也给他拿出去我還有攢下几吊也给他
去罷寶玉聽了感謝不盡襲人笑道我原是久已出名
的賢人連這一点子現成的好名兒還不會買来不成寶

玉聽了方才点的話也陪笑撫慰一時晚間果密差宋媽々
送去寶玉將一切人穩住便獨自得便出了後角门央一个老
婆子帶他到晴雯家去瞧々先是這婆子百般不肯只說怕
人知道回了太々我還吃飯不吃飯無奈寶玉死活央告
又許了他些錢那婆子方帶了他来這晴雯當日係賴大
家用銀買的那時晴雯才交十歲尚未留頭因常跟
着賴媽々進来賈母見他生得伶俐標緻十分喜爱故
此賴媽々孝敬了賈母使喚後来所以到寶玉房中晴雯進

来时也不記得家鄉父母只知有个姑舅哥〻專能庖宰也流落在外故又求了賴家的收買進来吃工食賴家的見晴雯雖到賈母跟前千伶百俐嘴尖性大却到還不忘舊故又將他姑舅哥〻收買進来家裡一个女孩子配了他成了房後誰知他姑舅哥〻一朝身安泰就忘却當年流落時任意吃酒家小也不顧偏又娶了个多情美色之妻見他不顧身命不知風月一味死吃酒便不免有蒹葭倚玉之嘆紅顏寂寞之悲又見他氣量寬宏並無嫉 妬枕蓆之

意這媳婦遂姿情重慾満宅内便延攬英雄收納才俊上上下下竟有一半是他考試過的若問他夫妻雅甚名誰便是上面賈璉所接見的多渾虫灯姑娘兒的便是了那燈姑娘吃了飯去串门子只剩下晴雯一人在外间房內爬着寶玉命那婆子在院门外瞭哨他獨自掀起草簾進来一眼就看見晴雯睡在芦蓆土炕上幸而衾褥還是舊日鋪的心內不知自已怎麼纔好因上來含泪伸手輕輕的拉他悄喚兩聲當下晴雯又因着了氣又受了哥

嫂的一夕話病上加病嗽了一日後朦朧睡了忽聞有人與他强展星眸一見是寶玉又驚又喜又悲又痛忙一把死攥住他手哽咽了半日方説出半句話來我只當不得見你了接着便嗽个不住寶玉也只有哽咽之分晴雯道阿彌陀佛你來的好且把那茶倒碗我喝渴了這半日呌半个人也呌不着寶玉聽説忙拭淚問茶在那裡晴雯道那爐台上就是寶玉看時雖有个黑砂銱子却不像个茶壺只得桌上去拿了一个碗也甚大甚粗不像茶碗未到手内先

就倒得油羶之氣寶玉只得拿了来先拿些水洗了兩次復
又用汕過方提砂壺斟了半碗看絳紅的也不大成茶晴雯
扶枕道快给我喝一口罷這就是茶了那里比得咱們的茶
寶玉聽説先自嘗了一嘗並無清香只有些茶味只一味苦
澀略有茶意而已嘗畢方遞与晴雯只見晴雯如得甘
露一般一氣都灌下去了寶玉心下暗道往常那樣好茶
他常有不如意之處今日這樣看來可知古人説得飽飫
烹宰飢饜糟糠又道是飯飽弄粥可見都不錯了一面

想一面流淚問道你有什庅説的趂着没人告訴我晴雯嗚
咽道有什庅可説的不过挨一刻是一刻挨一日是一日我已知
道横竪不過三五日的光景我就好回去只是一件我死也不甘
心的我雖生的比别人畧好些並没有私情密意勾引你
怎庅一口咬定了我是个狐狸精我大不服今日既躭了虚名
而且臨死不是説句後悔的話早知如此我當日也另有个道
理不料痴心傻意只説是大家横竪在一處不想平空生出
這一節話來有冤無處訴説畢又哭寳玉拉着他手只覺瘦

如枯柴腕上猶帶着四个銀鐲因泣道且卸下這个来等
好了再帶上罷因与他卸下来擱在枕下又説可惜這兩个指
甲好容易長了二寸長這一病好了又損好些晴雯拭泪就
伸手取了剪將左手上兩根葱管一般的指甲齊根鉸下又
伸手向被内將貼身穿著一件舊紅綾袄脫下並指甲都
與寶玉道這个你收了以後猶如見我一般快把你的袄
兒脫下来我穿我將来在棺材裡獨自躺着也就在怡紅院一
樣了論理不該如此既耽了虛名我也是無可如何了寶玉

聽説忙寬下換上藏了指甲晴雯又哭道回去他們看見了
要問不必撒謊就説是我的既躭了虛名越[索]性如此也不過
這樣了（晴雯此舉勝襲人多矣真一字一哭也又何必魚水相得而後為情哉）一語未了只見他嫂〻笑嘻〻
掀簾進來説道好呀你兩個的話我都聽見了又向寶玉道
你一个作主子的跑到下人房裡來作什麽看我年輕又
俊敢是來調戲我麽寶玉聽説嚇的忙陪笑道姐〻快
别大聲他伏侍我一塲我私自來瞧〻他灯姑娘便一手拉了
寶玉進裡間來笑道你不叫嚷也容易只是依我一件事説

著便坐在炕沿上却緊緊的將寶玉摟入懷中寶玉如何見過這个心內早突突的跳起來了急的滿面紅脹又怕只說将姐姐別鬧灯姑娘乜（也）斜醉眼笑道呸成日家聽見你風月場中慣作工夫的怎庅今日就反赸起來寶玉紅了臉笑道姐姐放手有說（話）咱们好說外頭有老媽媽们聽見什庅意思灯姑娘笑道我早進來了已叫那婆子去園门等著呢我什庅似的今兒等著了你雖然聞名不如見面空長了一个将模樣兒竟稜（沒）藥性炮燂只好粧幌子罷了到比我還赸怕羞可知人

的嘴一概聽不得就比方纔我们姑娘下来我也料定你们素日偷雞摸狗的我進来一會子在窗下细聽你二人若有偷雞摸狗的事豈有不談及于此誰知你两個竟還是各不相擾可知天下委曲事也不少如今我反後悔錯怪了你们既然如此你但放心以後只管来我也不囉唣你宝玉聽説纔放下心来方起身整衣央道好姐々你千萬照看他两天我如今去了説畢出来又告訴晴雯二人依々不捨少不得一别晴雯知寳玉難行遂用被蒙頭總不理他寳玉

方出来意欲到芳官四兒處去無奈天黑出来了半日恐裡面人找他不見又恐生事遂且進園来了明日再作計較因乃入後角门看角门的小厮正抱鋪盖進裡邉来裡邉媽〻们正查人若再遲一步也就關了寶玉進入園中且喜無人知道到了自已房内告訴襲人只説在薛姨媽家去的也就罷了一时鋪床襲人不得不問今日怎麽睡寶玉道不管怎麽睡罷了原来這一二年間襲人因王夫人看重了他〻越發自要尊重凡背人之處或夜晚之間總

不与寶玉狎昵較先幼时到反疎遠了况雖無大事辦
理一夜〔應〕針线並寶玉及諸小丫嬛们凡出入銀錢衣履什物
等事也正煩瑣且有吐血症雖愈每因勞碌風寒所感
即嗽中帶血故尔夜间總不与寶玉同房寶玉夜间長
醒又极胆小每醒必喚人因晴雯睡卧惟警且舉動
輕便故一應茶水起坐呼喚之任皆悉委他一人所以寶玉
外床只是他睡今他去了襲人只得要问因思此任比日
间要緊寶玉既答不管怎樣驚人只還依舊遂之意仍将

自己鋪蓋襁来没了床外寶玉發了一晚上獃及催他
睡下襲人等也都睡後聽見寶玉在枕上長吁短歎復去
翻来至三更已後方漸漸的安頓了略有鼾聲襲人方
放心也就睡着没半盞茶时只聽寶玉叫晴雯曰要吃茶襲
人忙下去向盆内洗過手後煖壺内倒了半盞茶来吃
過乃笑道我近来叫慣了他却忘了是你襲人笑道他
一乍来时你也曾睡夢中直叫我半年後才改了我知道這
晴雯人雖去了這兩个字只怕是不能去説着大家又卧

下寶玉又番轉了一个更次至五更方睡去时只見晴雯從外頭走来仍是往时形景進来笑向寶玉道你們好生過罷我從此就別過了說着回身便走寶玉忙叫時又將襲人叫醒襲人還只當他慣了口乱叫卻見寶玉哭了說道晴雯死了襲人咲道這是那裡話你就是胡鬧被人聽見什么意思寶玉那裡肯聽恨不得一時亮了就遣人去问信及至亮時就有王夫人房裡小丫嬛走来叫開门傳王夫人的話那時叫起寶玉快洗臉

換了衣裳快来回今日有人請老爺尋秋賞桂花老
爺因喜歡他前兒作詩好故此要帶他们去這都是
太〻的話一句别錯了你们快飛告訴去立逼他快来老爺
在上房裡還等他们吃麵茶環哥兒已来了快飛〻〻再
着一人去叫蘭哥兒也要這等説裡面婆子聽一句應一句
一面扣鈕子一面開门早有两三个人一行扣衣一行分頭去
叫襲人聽得扣院门便知有事一面命人問时自己也起
来了聽得這話忙促人来舀水洗面促寶玉起来盥漱

他自去取衣因思跟賈政出门便不肯拏出十分出色新鮮衣履来只揀那二等成色的来寶玉此時亦無法只得怅怅的前来果然賈政在那里吃茶十分喜悦寶玉忙行了省晨之禮賈環賈蘭二人也都見過了寶玉賈政命坐吃茶向環蘭二人道寳玉讀書不如你兩个論題聯和詩這種聰明你們皆不及他今日此去未免强你們作詩寶玉須聽便助他們兩个王夫人等自来不曾聽見這等考語真是意外之喜一時候他父子

二人等去了方欲過賈母這邊来时只見芳官等三兩个乾娘走来回説芳官自前日太々的恩典賞了出去他就瘋了似的茶也不吃飯也不用勾引上藕官蕊官三个人尋死覓活要剪了頭髪作尼姑我只當是小孩子一时出去不慣也是有的隔兩日想他就好了誰知越鬧越凶打罵著也不怕實在没法所以来求太々或是依他们作尼姑去或教導他们一頓賞給别人作女兒去罷我们也没這福氣王夫人聽了道胡説那裡由他们起来佛门也是輕入

進去的每人打一頓給他們看還鬧不鬧了當下因八月
十五日各廟內上供去各廟內皆有姑子來送供尖之例王夫人
曾于十五日就留下水月菴的智通与地藏菴的圓信住
兩日至今未回聽得此言巴不得趁兩個女孩子去作活使
喚因都向王夫人道咱們府上到底是善人家因太太好
善所以感應得這些小姑娘們皆如此雖說佛門容易難
入也要知道佛法平等我佛立愿是連一切衆生無論
雞犬皆要度脫無奈迷人不醒各人果有善根能醒悟

即可以脱輪廻所以経上現有虎狼蛇虫得道者就不少如今這兩三个姑娘既然無父無母家鄉又遠他們既経了富貴又想從小命苦這風流行次知道將来終身怎樣所以苦海回頭立意出家修〻来世也是他们的高意

# 石頭記第七十八回

## 老學士閑徵姽嫿詞
## 痴公子杜譔芙蓉誄

話說兩個尼姑領了芳官等去後王夫人便往賈母處来晨省見賈母歡喜趁便回道寶玉屋裡有个晴雯那丫頭也大了而且一年之間病不離身我常聽見他比別人淘氣也懶前日又病倒了十幾天叫大夫瞧說是女兒癆所以我就趁着叫他下去若養好了也不用

吁他進来就賞他配家人去也罷了再那几个學戲的女孩子我也作主放出去了一則他們都會戲口裡没輕没重只會混説女孩兒聽了如何使得二則他們既唱了會戲白放了他們也是應該況丫頭們也太多若説不彀再挑上幾个来也是一樣賈母聽了点頭道這到是正理我也正想着如此呢但晴雯那丫頭我看他甚好怎麼就這樣起来我的意思這些丫頭的模樣兒爽利言語針線多不及他將来只他還可以給寶

玉使喚得誰知變了王夫人道老太〻挑中的人原不錯
只怕他命裡沒造化所以得了這个病俗語又說女大十八
變況且有了本事的人未免就有些調歪老太〻還有什麽
不曾經驗過的三年前我就留心這件事先只取中了他
我便留心冷眼看去他色〻雖比别人強只是不大沉重
若說沉重知大禮莫若襲人第一雖說賢妻美妾然
也要情性和順舉止沉重的更好些就是襲人的模樣
雖比晴雯畧次一等然放在房裡也算是一二等的了況

且行事大方心地老實這几年来從未隨着寶玉淘氣凡寶玉十分胡鬧的事他自有死勸的因此品擇了二年一点不錯了我就悄悄的把他月分不止住我的月分銀子裡批出二兩銀子来給他不過使他自已知道越發小心效好之意且不明說一則寶玉尚小老爺知道了又恐說耽悮了書二則寶玉再自為是自已跟前人不敢勸他說他反倒縱起性来所以直到今日纔回明老太太賈母聽了笑道原来這樣如此更好了襲人本来從小兒不言不語我只

説他是沒嘴葫芦既是你深知豈有錯悞的而且你這
不説明与寶玉的主意更好且大家别提這事只是心
裡知道罷了我深知寶玉是个不聽妻妾勸的我也解
不過来也從未看見過這樣的孩子别的淘氣都是应該
的只是這種待了頭們却是難得我為此也耽心每冷眼
察看他和了頭們鬧必是人大心大知道男女的事了所以
爱親近他們即細〻的察試究竟不是為此豈不奇怪想
必他是個了頭錯投了胎不成説的大家笑了王夫人又

回令日賈政如何誇獎如何帶他進去賈母聽見更
加喜悅只一時只見迎春粧扮了前来告辭過去鳳姐也来
晨省伺候過早飯又說笑了一回賈母歇午晌後王夫人
便喚了鳳姐問他丸藥可曾配来鳳姐道不曾呢如今還
是吃湯藥太太只管放心我已大好了王夫人見他復出
也就信了因告訴攆逐晴雯等事又說怎麽寶丫
頭私自回家去了你們都不知道前兒順路我都察
了情知蘭小子新進来的這个奶子也十分妖喬我也不

喜歡我也説与嫂子了好不好呌他各自去罷況且蘭小子也大了用不着這奶子了我因問你大嫂子寶丫頭出去難道你不知道不成他説是告訴了他的不兩三日等你姨媽好了就進來你姨媽究竟没甚大病不過是咳嗽腰疼年〻如此他這一去必有原故敢是有人得罪了他不成那孩子心重親戚们住一塲别得罪了人反不好了鳳姐笑道誰可好〻的得罪他們天〻在園子裡左不是他們一羣人王夫人道别是寶玉有嘴無心傻子是的從来没个忌諱

高興了信嘴胡説也是有的鳳姐笑道這可是太太過
餘與操心了若説他出去幹正経事説正経話却像个傻
子若只叫他進在這些姊妹跟前以至於大小丫頭的跟前
他最有儘讓又怕得罪了人那是再不得罪有人惱他的
我想薛妹子去想必為前事搜撿衆丫頭的原
故他自然為信不及園裡人才搜撿他又是親戚也有了
頭老婆在内我們又不好搜撿了恐我疑他所以多了
這个心自已迴避了也是應該迴避嫌疑的王夫人聽了這話

不錯遂低頭想了一想便命人請了寶釵來分晰前日的事以解他的疑心又仍命他進來照舊居住寶釵陪笑道我原當早出去的是姨娘有許多的大事所以不便來說可巧前日媽又不好了家裡兩個靠得的女人也病了我所以越便出去了姨娘今日既然知道了我正好明講出情礼來就從今日辭了好搬東西的王夫人鳳姐都咲道你太固執了正經搬進來為是休為沒要緊的事疏遠了親戚寶釵咲道這話說的太不解了並不為什麽事我出去為的

是媽近來神思比先大減了且夜間晚上沒有靠得的人
通共我一个二則如今我哥哥眼看娶嫂子了多少針線活
計並家裡一切動用器皿尚有未齊備的我也須得幫
着媽去料理料理姨娘和鳳姐姐都知道我们家的事不是我
撒謊三則自我在園里東南上小角门子就常開着原是
為我走的保不住出入的人就圖省路也從那裡走那里又無人
盤查倘或從那里出一件事來豈不兩礙臉面而且我進
園裡來睡原不是大事因前几年年紀皆小家裡沒事

有在外頭的不如進来姊妹相共或作針線或相頑笑皆比
在外頭自己悶坐著好如今彼此都大了也彼此皆有
事况姨娘這邊歷年皆有不遂心的事那園子也太太
一時照顧不到皆有倒係惟有少个人就可以少操些心
所以今日我不但致意辭去之外还要勸姨娘如今該減些
的猶當減些也不為失了大家的体统我看園裡這一向的
費用也竟可以免的說不得當日的話姨娘深知我们
家的難道我们家當日也是這樣零落不成鳳姐聽了

這篇話便向王夫人咲道這話依我的主意竟不必强他了王夫人点頭道我也無可回答只好随你罷了說話之間只見寳玉等已回来說他父親還未散恐天黑了所以先叫我们回来了王夫人忙问今日可有丢了醜的寳玉笑道不但不丢醜還拐了許多東西来接着就有老婆子们從二门上小厮手内接了東西来王夫人一看时只有扇子三把扇墜三個筆墨共六匣香珠三串玉縧環三个寳玉說道這是梅翰林送的那是楊侍郎送的這是李

員外送的每人一分說著怀中又取出一个旃檀香小護身佛
来說這是慶國公单給我的王夫人又問在席何人作何
詩詞等語畢只將寶玉一分命人拿著同寶玉蘭環前
来見賈母賈母看了喜歡不盡不免又問些話怎奈寶玉
一心記著晴雯答應完了話时便說騎馬馬顛了骨頭疼
賈母便說快回房去換衣服踈散就將了不許睡覺寶玉
听了便悄入園来當下麝月秋紋帶了兩个小丫頭来等
候見寶玉辭了賈母出来秋紋便將筆墨拿起来一同

隨寶玉進來寶玉滿口裡說好熱一壁走便摘冠解帶
將外面大衣服都脫下來麝月拿着只穿着一件松色綾
子夾襖襖內露出血點紅的褲子來秋紋見這條紅褲
是晴雯手內針綫因嘆道這條褲子已後收了罷真是
物在人去了麝月忙笑道這是晴雯的針綫又嘆道真
真的物在人亡了秋紋將麝月扯了一把忙咲道這褲子配
着松花色襖兒石青靴子越發顯出靛青的頭雪白
的臉來了寶玉在前只聽不見又走了兩步便止步道我

要走一走這怎麽好麝月道大白日裡還怕什麽還怕丢了你不成因命兩个小丫頭跟着我們送了這些東西去再來寶玉道好姐姐等一等再去麝月道我們去了就来兩个人手裡都有東西到像擺執事的一个捧着文房四寶一个捧着冠袍帶履成个什麽樣子寶玉聽説正中心懷便讓他們去了他便帶了兩个小丫頭到一石後也不怎樣只問他二人道我去了你襲人姐姐打發人去瞧你晴雯姐姐去不曾這一个答道打發宋媽瞧去了寶玉道回来說什

庅小了頭說回來說晴雯姐直着脖子叫了一夜今日早
起就閉了眼住了口世事不知也出不得一聲兒只有倒氣
兒的分兒了寳玉忙道一夜叫的是誰小了頭道一夜叫
的是娘寳玉拭淚道還叫誰小了頭道沒有聽見叫
別人寳玉道你胡說想必沒有聽真傍邊那个小了
頭最伶俐聽寳玉如此說便上來說真个他糊塗又向
寳玉道不但我聽真我還親自偷着看去了寳玉听
說忙問他你怎庅又親自看去了小了頭道我因想晴雯

姐〻素日与人不同待我们極好如今他雖受了委曲
出去我们不能別得法子救他只親去瞧〻也不枉素
日疼我们一場就是人知道了回了太〻打我们一頓也
是願受的所以我拚着挨一頓打偷着下去瞧〻一瞧誰
知他平生為人聰明至死不變他想着那起俗人不可
說話所以只闭眼養神見我去了便睜開眼拉我手
問寶玉那去了我告訴寔情他嘆了一口氣就說不能
見了我就說姐〻何不等一等他回来見一面豈不兩

完心願他就笑道你們不知道我們不是死如今天上
少了一位花神玉皇敕命我去司主我如今在未正二刻
到司花那里寶玉須得未正三刻才能到家只少到一
刻的工夫不能見面世上凡該死之人閻王勾取了過去
是差些小鬼來捉人魂若要遲延半刻不過燒些紙錢
紙澆些漿飯那鬼只顧搶錢去了該死的人就可以
多待一个工夫我這如今是天上神仙來請豈可捱得
時刻我聽了這話竟不大信及進來到房裡留神看

時辰表时果然是未正二刻他嚥了氣正三刻就有人来叫我们说你来了這时候到都對合寶玉忙道你不識字看書所以不知道這原是有的不但花有一个神一樣花有一个神之外还有總花神但他不知還是作總花神去了還是單管一樣花神這了頭聽了一时謅不出来却好是八月時節園中池上芙蓉正開這了頭便見景生情忙道我也曾問他是管什庅花的神告訴我們日後也好供養他說天機不可洩漏你既這樣虔誠

我只告訴你〻〻只可告訴寶玉一个人除他之外若洩了天机五雷就来轟頂的他就告訴我說他就專管這芙蓉花的寶玉聽了這話不但不爲怪亦且去悲而生喜乃指芙蓉笑道此花也須得此人去司掌我就料定他那樣一个人必有一番事業作雖然超出苦海從此不能相見也免不得傷感思念囙又想虽然臨終未見如今徃靈前一拜也算盡這五六年的情常想畢忙至房中又另穿帶了只說去看黛玉遂一人出

園来往前次之處来意為傳抠在内誰知他哥嫂見他一嚥氣便回了進去希圖早些得几兩發送例銀王夫人聞知便命賞十兩銀子又命即刻送到外頭焚化罷女兒癆死的斷不可傳著他哥嫂聽了這話一面得銀一面就僱人来入殮抬往城外化人場上去了剩的衣服簪環還有四五百金之數他兄嫂自收了為後日之計二人將门鎖上一同去送殯未回寶玉走来撲了个空寶玉自立了半天別無法術只得復回身進

園中回至房中甚覺無味因乃順路來找黛玉偏黛玉不在房中問其何往丫嬛回說往寶姑娘那里去了宝玉又至蘅蕪院中只見寂靜無人房內搬的空空落落不覺吃一大驚忽見几个老婆子走來寶玉忙問道這是什麼原故老婆子道寶姑娘出去了這里交付我我们看着還沒有搬清楚我们帮着送了些東西去這也就完了你老人家請出去罷讓我们掃掃灰塵也好從此你老人家省跑這一處的腿了寶玉聽了怔了

半天因看這園中香藤異蔓仍是翠〻青葱比昨日好
似改作凄凉了一般更又添了傷感默〻出来又見门外的
一條翠樾堤上也半日無人来往不似當日各房中丫嬛
不一而来者络繹不絕又俯身看那堤下之水仍是溶〻
脉〻的流将過去心下因想天地间竟有這樣無情的事
悲感一番忽又想道去了司棋入画芳官五人等死了晴
雯今又去了寶釵等一處迎春雖無去也不見回来且接
連有媒人来求親大約園中之人不久都要散去了縱生

煩惱無濟于事不如還是去找黛玉去相伴一時來
家還是和襲人厮混只這兩三个人只怕同死同歸
的想畢仍往瀟湘館來偏黛玉尚未回寶玉想亦當
出去候送才是無奈不忍悲感還是不去的好遂又
垂頭喪氣的回來正在不知所以之處忽見王夫人
的丫頭進來找他說老爺回來了找你呢又得了好
題目來了快走〻寶玉聽了只得跟了出來到王夫
人房中他父親已出去了王夫人命送寶玉至書房

中彼時賈政正与衆幕友談論尋秋之盛又說快事

散時忽然談及一事最是千古佳談風流儁逸忠慷〔義〕

慷〔慨〕八字皆備到是个好題目大家要作一首輓詩衆

幕賓聽了都請教係何等妙事賈政乃道當日曾有

一位王〔子〕封曰恒王出鎮青州這恒王最喜女色且又

好武因選了許多美女日習武事每公餘輙閑筵宴

連日令衆美女戰闘攻拔之事其女中有姓林行四者

女色既冠且武藝更精皆呼為林四娘恒王最得意

遂超拔林四娘統轄諸姬又呼為姽嫿將軍衆幕賓
都称妙極神奇竟以姽嫿下加將軍二字反更覺嫵
媚風流真絕世奇文想這恒王也是千古苐一風流
人物了賈政咲道這話自然是如此但更有可奇可嘆
之事衆幕賓都愕然驚問道不知底下還有何等奇
事賈政道誰知次年便有黃巾赤眉一干流賊餘黨
復又烏合搶掠山左一帶恒王意為犬羊之衆不足
大舉因輕騎前勦賊衆頗有詭譎智術兩戰不勝恒王

遂為衆賊所戮于是青州城内文武各官各〻皆謂
王尚不勝你我何為遂將有獻城之舉林四娘得聞
返報遂集衆衆女將發令說道你我皆向蒙天恩戴
天履地不能報其萬一今王既殞身國患我意亦當
殞身殉王你等有願隨者即時隨我前往有不願者
亦早各散衆女將聽他這樣都一齊說願意于是林
四娘帶領衆人連夜出城直殺至賊營裡頭衆賊不
防也被斬戮了几个首賊然後大家見是个女人料

不能濟事遂回戈倒兵奮力一陣把林四娘一个也不曾
留下到作成了這林四娘的一片忠義之心後來報
至都中自天子百官無不驚駭想其朝中自然又有
人去勦滅天兵一到化為烏有不必深論只就林四娘
一節衆位聽了可羨不可羨衆幕友都嘆道實在可
羨可奇實是妙題原該大家輓一輓才是說着早有人
取了筆硯来按着賈政口中之言稍加改易了几个
字便成了一篇短序遞与賈政觀了賈政道不過如此他

們那里已有原啓昨日因又奉恩旨著察該前代以來旌加褒獎而遺落未經請奏各項人等無論僧尼乞丐婦人有事可嘉即行彙送履歷至禮部備請恩獎所以他這原啓也送往禮部去了大家聽見這新聞所以都要作一首姽嫿以志其忠義衆人聽了都又笑道這原該如此只是可更羨者本朝皆是千古未有之曠典隆恩實歷代所不及處可謂聖朝無闕事唐虞先就說了竟應在本朝如今年代方不虛此句

賈政点頭道正是說話之间寶玉珠蘭皆到賈政命他们看了題目他兩个雖能詩較腹中之虛實也去寶玉不遠但一件他兩个終是別途若論学業一道似高過寶玉論雜学則遠不能及寶玉第二件他兩个才思滞鈍不及寶玉空靈滑逸每作詩亦如八股之法未免拘板庸澁那寶玉雖不算是个讀書之人虧他天性敏捷且素習好些雜書他自謂古人中也有杜撰也有失误之處拘較不得許多若只管怕前怕後起来揔砌成

一篇也覺得茫無趣味因心里懷著這个念頭每見一題不拘難易便他毫不費力如此世上流嘴滑舌之人無風作浪信著伶口俐舌長篇大論胡扳乱扯敷演一篇話來雖無稽考却說得四座春風雖有正言厲色之人亦不得壓倒這一種風流近日賈政邁年名利大灰然起初天性也是个詩酒放誕之人因在子姪輩中少不得規以正路近見寶玉雖不讀書竟頗能解此細評起來也不算十分玷辱了祖宗就思及祖宗們的各

各亦皆如此亦賈门之数雖皆深精學業的也不曽發
跡過一个看来宝玉亦不過如此况賈母溺爱遂也
不強以學業逼他所以近日是這等待他又要蘭環
二人学業之餘怎得亦同寶玉才好所以每作詩必
將三人一齊喚来對作閒言少叙且說賈政命他三
人各作一首先成者賞佳者額外加賞賈環賈蘭二
人前日當着多人作過几首胆量愈壯今看了題目
遂自去思索一時賈蘭先有了賈環生恐落後也就

有了二人皆已録出寳玉尚自出神賈政与衆人且
看他二人的二首賈蘭是一首七言絶句寫道是
姽嫿將軍林四娘　玉為肌膚（骨）鐵為腸　捐軀自報
恒王後　此日青州土亦香
衆幕賓看了便皆大讚小哥兒十五（三）歲就如此可知
家學淵源真不誣矣賈政笑道稚子口角也還難為
他又看賈環是一首五言律寫道是
紅粉不知愁　將軍意未休　掩啼離綉幕　抱恨

出青州　自謂酧王德　詎能復寇仇　誰題忠義

墓　千古獨風流

衆人道更佳到是大几歲年紀立意又自不同賈政

道还不大甚錯終不懇切衆人道這就罷了三爺才

不大過兩歲俱在未冠之時如此用了工去再過几

年怕不是大阮小阮了賈政笑道過獎了只是不肯

讀書的過失又問寶玉怎麽樣衆人道二爺細心鏤

刻定又是風流悲感不同此等了寶玉笑道這個題

似不稱近體須得古体或歌或行長篇一首方能懇切

衆人聽了都立身点頭拍手道我說他立意不同每一

題到手見[先]度其体格宜与殊便是老手妙手[法]就如裁

衣一般未有下剪时須度其身量這題目名曰姽嫿

詞且既有了序必是長篇歌行方合体的或擬温八叉

擊甌歌或擬李長吉會稽歌或擬白樂天長恨歌或

擬古詞半叙半咏流利飄逸始能盡妙賈政聽了也

合主意遂自提筆向紙上要寫又向寶玉笑道如此甚

好你念我寫若不好我搥你那肉誰許你先大言不慚

了寶玉只得念了一句道是

恒王好武兼好色

賈政寫了看時揺頭道粗鄙一幕賓道這樣方古究竟

不粗且看他底下的賈政道姑存之寶玉又念道

遂教美人習騎射　穠歌艷舞不成歡　列陣挽戈

為自得

賈政寫出衆人都道只這三句便古朴老健極妙這

四句平敘出最得体貫政道体（休）謬獎且看轉得如何
寶玉又念道
眼前不見塵沙起　將軍俏影紅灯裡
衆人聽了都叫妙好个不見塵沙起又承了一句俏影
紅燈裡用字用句皆入神化了寶玉又念道
叱咤時聞口舌香　霜矛雪劍嬌難舉
衆人更拍手叫妙道亦發画出来了當日敢是寶公
也在座見其嬌而且聞其香否不然何体貼至此寶

玉笑道儻閑習武縱任其勇悍怎如男子不待見而可知姣怯之形的了賈政道不快續這又有你說嘴的了寶玉只得又想了一想念道

丁香結子芙蓉絛

衆人都道轉絛蕭的韵更妙這才流利飄蕩而且這一句也綺靡秀媚的妙賈政寫了看道這一句不好已寫過口舌香姣難舉何又如此這是力量不加故又用這些堆砌貨來搪塞寶玉笑道長歌也須得要些詞藻点

綴〻〻不然便覺蕭索賈政道你只顧用那些這一句底

下如何能轉至武事若再多說兩句豈不蛇足了寶玉道

如此底下一句轉煞住想亦可矣賈政冷笑道你有多大

本領上頭說了一句大開門的話如今一句又要連轉帶

煞豈不心有餘而力不足些〻寶玉聽了垂頭想了一想

說了一句道

不繫明珠繫寶刀

忙問這一句可還使得衆人拍案叫絕賈政寫了看著

咲道且放着再續寳玉道若使得我便一氣下去了
若使不得越發連了我再想别的意思出来再另措詞
賈政聽了便喝道多話不好了再作便作十篇百篇还
怕辛苦了你不成寳玉聽説只得想了一會一念〻道
戦罷夜闌心力怯　脂痕粉漬污鮫鮹
賈政道又一段底下怎庅樣寳玉念道
明年流寇走山東　强吞虎豹勢如蜂
衆人都道好个走字便見高低了且通句轉的也不板宝

玉又念道

王率天兵思勦滅　一戰再戰不成功　腥風吹折

隴頭麥　日照旌旂虎帳空　青山寂寂水澌澌

正是恒王戰死時　雨淋白骨血染艸　月冷黃沙

魂守尸

衆人都道妙極妙極佈置敘事詞藻無不盡美且看如

何至四娘必另有妙轉奇句寶玉復又念道

紛紛將士只保身　青州眼見皆灰塵　不期忠義明

閨閣　憤起恒王得意人
衆人都道鋪敘得委婉賈政道太多了只怕底下累贅寳玉
又念道
恒王得意數誰行　就是將軍林四娘　號令秦姬
軀趙女　艷李穠桃臨戰場　繡鞍有淚春愁重
鐵甲無聲夜氣涼　勝負自然難預定　誓盟生死
報前王　賊勢猖獗不可敵　柳折花殘實可傷
魂依城郭家鄉近　馬踐胭脂骨髓香　星馳羽報

入京師　誰家兒女不傷悲　天子驚慌恨失守
此時文武皆垂首　何事文武立朝綱　不及閨中
林四娘　我爲四娘長太息　歌成餘意尚傍徨
念畢衆人都大贊不止又都從頭看了一遍賈政嘆道
雖然說了几句到底不大懇切因說去罷三人如得了
赦一般一齊出來各自回房衆人皆無別話不過至晚安
歇而已獨寶玉一心悽楚回至園中猛見池上芙蓉想起
小丫嬛說晴雯作了芙蓉之神不覺又喜歡起來乃看

著芙蓉嗟嘆一回忽又想起死後雖未曾至靈前一祭如今何不在芙蓉前一祭豈不盡禮比俗人靈前去祭弔又覚別致想畢便欲行禮忽又止住道雖如此也不可太草率也須得衣冠齊整奠儀週備方為誠敬想了一想如今若學那世俗之奠禮斷然不可竟也還別開生面另立排場風流奇異于世無涉方不負我二人之為人況且古人有云潢汙行潦蘋蘩之賤可以羞王公薦鬼神原不在物之貴賤全在心之誠敬而已此其一也二則誄文輓詞也須另出己見

自放手眼也不可蹈襲前人套頭塞塡几字搪塞耳目之文亦必須洒泪泣血一字一咽一句一啼寧使文不足悲有餘萬不可尚文藻而失悲切况且古人多有激詞非自我今偏作俑乃今人全惑于功名二字尚古之風一洗皆盡恐不合時宜于功名有碍之故我又不希罕那功名我又不為世人覌閲称讃何必不遠師楚人之大言招䰟離騷九辯枯枝问誰秋水先生大人傳等法或雜參单句或偶成短聯或用寔典或設譬寓随意所之信筆寫去喜則以文為戲悲則以言志痛辭

達意盡為止何必若世俗之拘于方寸之間哉寶玉本是
个不讀書之人再心中已有了這篇歪意怎得好詩好文
作出来他自已却任意纂著並不為人知慕所以大似妄誕
意欲杜撰一篇長文用晴雯素日所喜之物冰鮫縠一幅付楷
楷字寫成名曰芙蓉女誄前序後歌又備了四樣晴雯所愛
之物于是夜月下命那小丫頭捧至芙蓉花前先行礼畢
將那誄文即挂于芙蓉枝上乃泣涕念曰諸公看至此只
當一咲話看去便可醒倦

維太平不易之元蓉桂競芳之月無可奈何之日怡紅院濁
玉謹以羣花之蕊冰鮫之縠沁芳之泉楓露之茗四者
雖微聊以達誠申信乃致祭於白帝宮中撫司秋艷芙蓉
女兒之前曰竊思女兒自臨濁世迄今凡十有六載其先之
鄉籍姓氏湮淪而莫能考者久矣而玉得與衾枕櫛沐之
間棲息宴遊之夕親暱狎褻相與共處者僅五年八月有畸
女兒曩生之昔其為質則金玉不足喻其貴其為性則冰
雪不足喻其潔其為神則星月不足喻其精其為貌

則花月不足踰其色姊娣悉慕媖嫻嫗媪咸仰惠德
孰料鳩鴆惡其高鷹鷙翻遭罦罬薋葹妒其臭茝蘭
竟被芟鉏花原自怯豈奈狂飆柳本多愁何禁驟雨
偶遭蠱蠆之讒遂抱膏肓之疚故尔櫻唇紅褪韻吐呻吟
臉杏香枯色陳顑頷諑俗謠謑詬出自屏幃荊棘蓬榛蔓
延户牖豈招尤見替實攘詢而終既忳幽沉于不盡復
含罔屈于無窮高標見嫉閨幃恨比長沙貞烈遭危
巾幗慘于羽野自蓄辛酸誰憐夭折仙雲既散芳蹤難

尋洲迷聚窟何來却死之香海失靈槎不獲回生之藥眉
黛煙青昨猶我畫指環玉冷今債[倩]誰溫鼎炉之剩藥猶存
襟淚之餘痕尚漬鏡分鸞別愁開麝月之奩梳化龍飛
哀折檀雲之齒委金鈿于艸莽拾翠匐于塵埃樓空鳷
鵲徒懸七夕之針帶斷夗央誰續五絲之縷況乃金天屬
節白帝司時孤衾有夢空室無人桐堦月暗芳魂与倩
影同消蓉帳香殘嬌喘共細言皆絕連天衰艸豈獨蒹
葭匝地悲聲無非蟋蟀露苔晚砌穿簾不度寒砧雨荔

秋垣隔院稀聞怨笛芳名未泯簷前鸚鵡猶呼艷質將
亡檻外海棠預老捉迷屏後蓮瓣無聲鬬草庭前蘭
芽枉待拋殘繡綫銀箋彩縷誰裁褶斷冰絲金斗御香
未熨昨承嚴命既趨車而遠涉芳園今犯慈威復拄杖
而遽拋孤柩及聞槥棺被燹慚違共穴之盟石槨成災愧
迨同灰之誚爾乃西風古寺淹滯青燐落日荒坵零星白
骨楸榆颯颯蓬艾蕭蕭隔霧壙以啼猿繞烟塍而泣鬼
自爲紅綃帳裏公子情深始信黄土壠中女兒命薄汝

南泪血斑斑洒向西風嗚呼固鬼域之為災豈神靈亦尚妬在
君之塵緣雖淺然玉之鄙意豈終因蓄惓惓之心不禁
諄諄之問始知上帝垂旌花宮待詔生儕蘭蕙死轄芙
蓉聽小婢之言似涉無稽據濁玉之思則深為有証何也
昔葉法善攝魂以撰碑李長吉被詔而為記事雖殊
其理則一也故相物以配才苟非其人惡乃濫乎始信
上帝委託權衡可謂至洽至切庶不負其所秉賦也因
希其不昧之靈或陟降於茲特不揣鄙俗之詞有污慧

聽乃歌而招之曰

天何如是之蒼蒼兮乘玉虬以游乎穹窿耶地何如是之茫茫兮駕瑤象以降乎泉壤也望繖蓋之陸離兮抑箕尾之光耶列羽葆而為前導兮衛危虛於傍耶驅豐隆以為庇從兮望舒月以臨耶聽車軌而伊軋兮御鸞鷖以征耶聞馥郁而薆然兮紉蘅杜以為纕耶炫裙裾之爍爍兮鏤明月以為璫耶藉葳蕤而成壇畤兮檠蓮焰以燭銀膏耶文瓟匏以為觶斝兮灑醽醁以浮桂醑耶瞻雲氣而凝睇兮

彷彿有所現耶俯窮窿而屬耳兮恍惚有所聞耶期汗
漫而無夭閼兮忽捐棄余于塵埃耶倩風簾之爲轀
車兮冀鑾聯而攜歸耶余中心爲之慨然兮徒噭噭而何
爲耶卿偃然而長寢兮豈天運之變於斯耶既窀穸
且安穩兮反其真而復奚化耶余猶桎梏而懸附兮
靈格余以嗟來耶來兮止兮卿其來耶若夫鴻蒙而居寂
靜以處雖臨于茲余亦莫睹搴煙蘿而爲步障列鎗蒲
而森行伍驚柳眼之貪眠釋蓮心之味苦素女約于桂岩

泌妃迎于蘭渚美玉吹笙麐簧擊敔徵嵩岳之妃啟驪山之姥黿呈洛浦之靈獸作咸池之舞潛赤水兮龍吟集珠林兮鳳翥爰恪爰誠匪簫匪管發軔乎霞域反旌乎元圃既顯微而若通復氤氳而倏阻離合兮煙雲空濛兮霧雨塵霾斂兮星高溪山麗兮月午何必言之怦怦若寤寐之栩栩余乃欷歔悵望泣涕徬徨人語兮寂歷天籟兮簣響鳥驚散而飛魚躍喋以響誌哀兮是穆成礼兮期祥嗚呼哀哉尚饗

讀畢遂焚帛奠酒猶依依不捨小了頭催至再四方才回身忽

聽山石之後有一人笑道且請留步二人聽了不免一驚那小

了頭回頭一看却是个人影從芙蓉花中走出來他便

大嚷有鬼晴雯真來顯魂了唬得寶玉忙回頭看時原

來是不知是何人要知端的且聽下冊分解

石頭記卷七十九回

薛文龍悔娶河東獅　賈迎春悮嫁中山狼

話說宝玉纔祭完了晴雯只听花影中有人聲倒唬了一跳即走出来細看不是別人却是林代玉滿面

祭文宝玉笑道從来

含笑口内說道好新奇的奇祭文都過于熟濫了所以改个新樣原不過是我一時的頑意誰知又被你听見了有什庅大使不得的何不改削改削代玉道原稿在那里到要細〻一讀長篇大論不知說的是

些什庅只听見中間兩句什庅紅綃帳裡公子情深黃土壠中女兒命薄這一聯意思却好只是紅綃帳裡未免熟濫些放着現成真事為什庅不用宝玉忙問什庅現成真事代玉笑道咱們如今都係露影紗糊的窓槅何不就說茜紗窓下公子多情呢宝玉听了不禁跌足笑道好極是極到底是你想的出說的出可知天下古今現成的好景妙事儘多只是愚人蠢了說不出想不出罷了但只一件雖然這一改

新妙之極但你居此則可在我寔在不敢當說着又
接連說了一二百句不敢代玉笑道何妨我的窓即
可為你之窓何必分晰得如此生疎古人異姓陌路尚
然同肥馬衣輕裘敝之而無憾何況咱們宝玉笑道
論交不在肥馬輕裘即黄金白璧亦不當銖錙較量
到是這唐突閨閣萬〻可使不得的如今我索性將
公子女兒改去竟算是你誄他的到妙況且素日你
你又待他甚厚故今寧可棄此大篇大文万不可棄

此茜紗新句莫若改作茜紗窓下小姐多情黄土壠
中丫鬟命薄如此一改雖于我無涉我也是愜怀的
代玉笑道他又不是我的丫頭何用作此語况且小姐
丫鬟亦不典雅等我的紫鵑死了我再如此說还不
算遲宝玉听了忙笑道這是何為又咒他代玉笑道是
你要咒的並不是我說的宝玉道我又有了這一段
可極妥當了莫若說茜紗窓下我本無緣黄土壠中
卿何薄命代玉听了忡然变色心中雖有無限的

狐疑乱擬外面却不肯露出反連忙含笑点頭称姒
說果然改的好再不必乱改了快去幹正経事罷剛
才太〻打發人叫你明兒一早快過去大舅〻那邊
边二姐〻已有人家求准了想是明兒那家人来拜
允所以叫你們過去呢宝玉拍手道何必忙我身上
也不大好明兒還未能去呢代玉道又来了我劝你
把脾氣改〻罷一年大二年小一面說一面咳嗽起
來宝玉忙道這里風冷咱們只顧獃站在這里快回

去罷代玉道我也家去歇息了明兒再見罷說着便自取然去了宝玉只得悶悶的轉前又忽想起代玉無人隨伴忙命小丫頭子跟送回去自已到了怡紅院中果有王夫人打發老嬤嬤來吩咐他明兒一早過賈赦那边來與方纔代玉之言相對原来賈赦已將迎春許與孫家了這孫家乃是大同府人氏祖上係官出身乃當日寧榮府中之門生算來亦係世交如今孫家只有一人在京現襲指揮之職此人名喚孫

紹祖生得相貌魁梧体格健壯弓馬嫻熟應酬權便
年紀未滿三十且又家資饒富現在兵部候缺提陞
因未有室賈赦見是世交子姪且人品家當都相稱
合遂青目擇為東床嬌婿亦曾回明賈母賈母心中
却不十分趑意但想來攔阻亦未必听兒女之事自
有天意前因況且是他親父主張何必出頭多事因
此只說知道了三字餘不多及賈政深悪孫家原是
世交當年不過是他祖希慕榮寧之勢有不能了結

之事總拜在門下的並非詩礼名族之裔因此到劝過兩次無奈賈赦不听也只得罷了宝玉却從未會過孫紹祖一面的次日只得聊以塞責只听見說娶親的日子甚急不過今年就要過門的又見邢夫人等回了賈母将迎春接出大觀園去等事越發掃了興頭每日痴痴呆呆的不知作何消遣又听得說賠四个丫頭過去更又跌足自嘆道從今後這世上又少了五个清潔人了因此天天到紫菱洲一帶地方

徘徊瞻顧見其軒窓寂寞屏帳倏然不過只有几个該班上夜的老嫗再看那岸上的蓼花葦葉池内的翠荇香菱也都學搖〻落〻似有追憶故人之態迥然非素常逞妍鬪色之可比既領畧淂如此寥落凄慘之景是以情不自禁乃信口吟成一歌曰

池塘一夜秋風冷　吹散芰荷紅玉影
蓼花菱葉不勝愁　重露繁霜壓纖梗
不聞永晝敲碁聲　燕泥点〻污棋枰

古人惜別憐朋友　況我今當手足情

寶玉方纔吟罷忽听後有人笑道你又發什麼獃呢宝玉回頭忙看是誰原來是香菱宝玉忙轉身咲問道我的姐々你這會跑到這里來作什麼許多日子也不進來逛々香菱拍手笑嘻々的說道我何曾不要來如今你哥々回來了那里比先時自由自在的了纔剛我們奶々使人找你鳳姐々的竟沒找着說往園子裡來了我听見了這話我

就討了這件差進來找他遇見他的丫頭說在稻香村呢如今我往稻香村去誰知又遇見了你我且問你襲人姐〻這几日可好怎麽忽然把个晴雯姐〻也没了到底是什麽病二姑娘搬出去的好快你瞧〻這地方好空落〻的宝玉應之不迭又讓他同到怡紅院去吃茶香菱道此刻竟不能等找着璉二奶〻說完了話正經事再來宝玉道什麽正經事這麽忙香菱道我為你哥〻娶嫂子的事所以要緊宝玉

道正是説的到底是那一家的只听見炒嚷了這半年今兒又説張家的好明兒又説李家的後兒又説王家的這些﹅人家的兒女他也不知造了什麽罪呌人好端﹅的議論香菱道如今定了可以不用扳扯别家了宝玉忙問定了誰家的香菱道因你哥﹅上次出門貿易將在順路到了令親戚家去這門親原是老親且又和我們是同在户掛名行商是數一數二的大門户前日説起來時你們兩府都也知道的

合長安城中上至王侯下至買賣都称他家是桂花夏家宝玉忙問如何又称為桂花夏家香菱道他家本姓夏非常的富貴其餘田地不用説单有几十頃地獨種桂花凡這長安城裡城外桂花局俱是他家的宮裡一應陳設盆景亦是他家貢奉因此緫有這个渾號如今太爺也没了只有老奶〻帶着一个親生的姑娘過活並没有哥兒弟兄可惜他竟一門盡絕了後宝玉忙問道咱們也別管他絕後不絕後只

是這姑娘可好你們大爺怎麼就中意了香菱道一
則是天緣二來是情人眼裡出西施當年時又通家
往來從小兒都一處廝混過叙親生娘舅兄妹又没
嫌疑這几年前兒一到他家夏奶〻又是没兒子的
一見了你哥哥出落的這樣又是笑又是哭竟比見了
兒子的还勝又令他兄妹見誰知這姑娘出落的落
花朵兒似的了在家裡也讀書寫字所以你哥〻當
時就一心看準了連當鋪老朝奉夥計們一羣人連

怡紅院和這些丫頭們無法無天凡世上所無之事都願耍出來如今且不講且說香菱自那日搶白了宝玉之後心中自為宝玉有意唐突他怨不得我們宝姑娘不敢親近可見我不如宝姑娘遠矣怨不得林姑娘時常和他角口氣得痛哭自然唐突他也是有的了從此到要迴避纔好因此以後連大觀園也不輕易進來了日日忙乱著薛蟠娶過親自為得了護身符自己身上分去些責任到底比這樣安寧些二則

又聞得是个有才有貌的佳人自然是典雅和平的故此他心中盼過門的日子比薛蟠還急十倍好容易盼得一日娶過了門他便殷勤小心服侍原來這夏家姑娘今年方十七歲生得亦頗有姿色亦頗識得几个字若論心中的邱壑涇渭頗步熙鳳之後塵只吃虧了一件從小時父親去世的早又無同胞弟兄寡母獨守此女姣養溺愛不啻珍宝凡女兒一舉一動彼母皆百依百順因此未免姣養太過竟釀成

盜妬的心氣愛自己尊若菩薩窺他人臭若糞土外
具花柳之姿内禀風雷之性在家中時常就合了奴
們使性弄氣輕罵重打的今日出了閣自為要作當
家的奶奶比不得作女兒時腼腆温柔須拿出來總
直壓的住人況且見薛蟠氣質剛硬舉止驕奢若不
趁熱竈一氣炮製熟爛將來必不能自豎旂幟矣
又見有香菱這等一个才貌俱全的愛妾越發添了
宋太祖滅南唐之意卧榻之側豈容他人酣睡之心因

他家種桂花他小名就喚作金桂他再不許人口中
帶出金桂二字來凡有不留心誤道一字者他定要
苦打重罰纔罷他因想桂花二字是禁止不住的須
淂另換一名因想桂花曾有廣寒嫦娥之説便將桂
花改為嫦娥花又寓自己身分如此薛蟠本是憐新
棄舊的人且是有酒量無飯量的如今淂了這一丁
妻子止在新鮮興頭上凡事未免儘讓他些那夏家
金桂見了這般形景便也試著他一步緊似一步一

月之中二人氣槩还都相平至兩月之後便覺薛蟠的氣槩漸次低矮下去一日薛蟠酒後不知要行何事先與金桂商議金桂執意不從薛蟠忍不住便發了几句賭氣自行之這金桂便氣的哭如醉人一般茶湯不進粧起病來請醫生療治又説氣血相逆當進寬胸順氣之劑之薛姨媽恨的罵了薛蟠一頓説如今娶了親眼前抱兒子可还是這樣胡鬧人家鳳凰蛋似的好容易養了一个女兒比花朶还輕巧原

看的你是亇人物總給你作老婆你不説收了心安分守已一心一計和〻氣〻的過日子还是這樣胡鬧咻嗓黄湯折磨人到這會子花錢吃藥白遭心一夕話説的薛蟠後悔不迭反來安慰金桂金桂見婆〻如此説丈夫越發淂了意更粧出些張致來摠理薛蟠薛蟠惟自怨而已好容易十天半月之後纔漸〻的哄轉金桂心來自此便加倍小心不免氣槩又矮了半截下來那金桂見丈夫旂纛漸倒婆〻良善

也就漸々的持戈試馬起來先時不過挾制薛蟠後
來倚嬌詐媚將及薛姨媽後將至薛宝釵宝釵久察
其不軌之心隨机應变暗以言語弹壓其志金桂知
其不可犯每欲尋隙又無隙可乘只得曲意俯就一
日金桂無事因和香菱閑談問香菱家鄉父母香菱
皆荅忘記金桂便不悅說有意欺瞞了他因問香菱
二字是誰起的名字香菱便荅姑娘起的金桂冷笑
道人々都說姑娘通只这一个名就不通香菱忙荅

道噯喲奶〻不知道我們姑娘的學問連我們姨老爺時常还誇呢金桂听了將脖項一扭嘴唇一撇鼻孔裡哧了兩聲拍着掌冷笑道菱角花誰聞見香來着若說菱角花香了正經那紫香花放在那里可是不通之極香菱道不獨菱花就連荷葉蓮蓬都是有一股清香但他那原不是花香可比若靜夜或清早細領畧了去那一股清香比是花兒都好聞呢就連菱角雞頭葦葉蘆根得了風露那一股清香就令人心

神爽快的金桂道依你說蘭花桂花到香的不好了香菱說到熱鬧頭上忘了忌諱便接口道蘭花桂花的香又非別花之香可比一句未完金桂的了嬛名喚宝蟾者忙指着香菱的臉說道要死要死你怎広直呌起姑娘的名字來了香菱猛省到反不好意思忙倍笑贖罪說一時說順了嘴奶〻別計較金桂笑道這有什広你也太小心了但只是我想這个香字到底不妥意思要換一个字不知你服不服香菱忙笑

道奶〻說那里話此刻連我一身一体俱屬奶〻何
得換一名字反問我服不服叫我如何當得起奶〻
說那一个字好用那一个金桂冷笑道你雖說得是
只怕姑娘多心說我起名字反不如你〻能來了几
日就駁我的回了香菱笑道奶〻有所不知當日買
了我來時原是老奶〻亦發不與姑娘相干況且姑
娘又且是極明白的人如如何惱得這些呢金桂道
香字既這樣說竟不如秋字妥當菱角菱花皆盛於秋

豈不比香字有來歷些々麽香菱笑道就依奶々這麽罷
了自此後遂改了秋字寶釵亦不在意只因薛蟠是
个天性得隴望蜀的如今得娶了金桂又見金桂的
丫嬛寶蟾亦有几分姿色舉止輕浮可愛便時常要
茶要水的故意撩逗他寶蟾雖亦解事只怕金
金桂不敢造次且看金桂的眼色金桂亦頗覺察其
意想着正要擺布香菱無處尋隙如今既看上了寶
蟾且捨出寶蟾去與他々一定就合香菱踈遠了我

且秉其時擺佈了香菱那時宝蟾原是我的人也就好處了可打定了主意伺机而行這日薛蟠晚間微醺又命宝蟾到茶來吃薛蟠接碗時故意揑他的手宝蟾又喬粧躲閃連忙縮手兩下失悞豁啷一聲落地潑了一身一地的茶薛蟠不好意思佯說宝蟾不好生拿宝蟾說姑爺不好生拿金桂冷笑道兩個人的調腔都勾使了到別打諒誰是獃子薛蟠低頭微笑道不語宝蟾紅了臉出去一時安歇之時金桂便

故意的攆薛蟠別處去睡省得你饞勞餓眼薛蟠只是笑金桂道要作什庅和我説別偷偷摸摸不中用薛蟠听了仗酒蓋着臉便趁勢跪在被上拉着金桂笑道好姐姐你若把宝蟾賞了我你要怎庅樣就怎庅樣你要活人腦子也弄了来給你金桂笑道這話好不通你愛誰説明了就收在房省得別人看着不雅我可要什庅呢薛蟠喜的稱謝不盡是夜曲盡丈夫之道奉承金桂次日也不出門只在家中厮守越

發放大了胆子至午後金桂故意出去讓個空兒與他二人辟蟠便拉拉扯扯寳蟾心裡也知八九個了也就推半推半就正要入港金桂是有心等候料着在难分之際便教了頭小捨兒過來原來這小了頭也是金桂從小兒在家使喚的因他自幼父母雙亡無人〔音〕嘗便大家叫他小捨兒專作些粗笨的生活金桂如今有意獨喚他來分付道你去告訴香菱到我屋裡將手帕取來不必說我說的小捨聽了一逕

尋着香菱說菱姑娘奶〻的手帕子忘記在屋裡了你去取來送上去豈不好香菱正因金桂近日每〻折挫他不知何意百般竭力換回不暇听了這話忙往房裡來取不妨正遇見他二人推就之際一頭撞了進去自已到羞的耳面飛紅忙轉身廻避不迭薛蟠自為過了明路的除了金桂無人可怕所以連門也不閉香菱撞來故也畧有些慚愧還不十分在意無奈寶蟾素日最是要強說嘴的今既遇見了香

菱便恨無地縫可入忙推開薛蟠一逕跑了口内还恨怨不迭說他强姦力逼等語薛蟠好容易圈哄的安上手却被香菱打散不免一腔興頭变作了一腔惡怒都在香菱身上不容分說趕出来啐了两口罵道死娼婦你這會子作什庅来撞屍遊魂香菱料事不好三步兩步早已跑了薛蟠再来找宝蟾已無踪跡了於是恨的只罵香菱至晚飯後已吃得醺々然洗澡時不妨水畧热些燙了脚便說香菱有意害他

亦係精光趕着香菱踢打了兩下香菱雖未受过這
氣苦既到了此時也說不得了只好自怨自悲各自
走開彼時金桂已暗合宝釵說明今夜令薛蟠在香
菱房中與寶蟾成親命香菱過來陪自已睡先是香菱不肯
金桂說他嫌髒了再必是圖安逸怕夜裡勞動伏侍
又罵說你那没見世面的主子見一个愛一个把我
的人霸了去又不叫你來到底是什庅主意想必是
逼我死罷了薛蟠听了這話又怕鬧黃了宝蟾之事

忙趕來罵香菱不識抬舉再不去時便要打了香菱
無柰只得抱了舖盖來金桂命他在地下睡香菱無
柰依命剛睡下便叫倒茶只得起來又捶腿如是者
一夜七八次總不使其安逸卧睡片時那薛蟠得了
宝蟾如得珍宝一概都置之不顧恨的金桂暗〻的
發恨道且叫你樂這几天等我慢〻的擺佈了來那
時可別怨我一面隱忍一面設計擺佈香菱金桂忽又粧
起病來只說心疼難忍四肢不能轉動請醫療治不

効衆人都説香菱氣的鬧了兩日忽又從金桂枕頭内抖出紙人來上面寫着金桂的年庚八字來有五根針釘在心窩並四肢骨節等處於是衆人反乱起来當作新文先報於薛姨媽薛姨媽先忙手忙脚的薛蟠自然更乱起來立刻要拷打衆人金桂笑道何必寃枉衆人大約是宝蟾的鎮壓法兒薛蟠道他這些時没並没多空兒在你房裡何苦誤頼好人金桂冷咲道除了他还有誰莫不是我自已不成雖有別人

誰可敢進我的房呢薛蟠道香菱如今是天〻跟着
你他自然知道先拷問他就知道了金桂冷笑道拷
問誰〻肯認依我說竟粧不知道大家丟開了罷橫
豎治死我也沒什庅要緊樂得再娶好的若據良心
上左不過是你三个多嫌我一个說着一面痛哭起
來薛蟠更被這一夕話激惱順手抓起一根門閂來
一逕搶步找着香菱不容分說便劈頭照面渾身打起
來一口咬定是香菱所施香菱叫屈薛姨媽跑來禁

喝說不問明白就打起人來這丫頭伏侍了這几年
那一点不周到不盡心豈有肯如此今作這没良心
的事你問丫清渾皂白再動粗鹵金桂听見婆〻如
此說生怕薛蟠耳軟心活了便益發嚎啕大哭起來
一面又哭喊說這半个多月把我的宝蟾霸占了去
不容進我的房惟有香菱跟着我睡我要拷問宝蟾
你又護到頭里你這會子又賭氣打他治死我再揀
富貴的標緻的娶來就是了何苦作出這些把戲來

薛蟠听了這些話越發著了急薛姨媽听見金桂句々挾制着兒子百般惡賴的樣子十分可恨無奈兒子便不硬氣已是被他挾制軟慣了如今又勾搭上了丫頭被他說霸占了去他自己反要占溫柔讓夫之礼這壓魔法究竟不知誰作寔是俗語說的清官难斷家務事此時正是公婆难斷床幃事了因此無法只一賭氣喝薛蟠說不爭氣的孽障騷狗也比你体面些誰知你三不知的把賠房了頭也摸上了叫老

婆說霸占了丫頭什庅臉出去見人也不知誰使的法子也不問青紅皂白好歹就打人我知道你是个淂新棄舊的東西白辜負了我當日的心他既不好你也不許打我即刻叫人牙子來賣了他你就心淨了說着又命香菱收拾了東西跟我來一面叫人去快叫个人牙子來多少賣几兩銀子拔去眼中釘肉中刺大家過太平日子薛蟠見母親動了氣早也低頭了金桂听見了這話便隔着窗子往外哭道你老人

家只會賣人不必説着一个扯着一个的我們狠是那吃醋拈酸容不下人的不成怎麽拔去肉中刺眼中釘是誰的釘誰的刺但凡多嫌着他也不肯把我的了頭又收在房裡了薛姨媽听見説氣得身戰氣咽道這是誰家的規矩婆〻説話媳婦隔窓子拌嘴虧你是舊家人家的女兒滿嘴裡大呼小喊説的是什麽薛蟠急的跺脚説罷喲罷喲看人听見笑話金桂意謂一不作二不休越興發潑喊起來了説我

不怕人笑話你的小老婆治我害我到怕人笑話了
再不然就留下他賣了我誰还不知道你薛家有錢
行動拿錢墊人又有好親戚挾制着別人你不趁早
施爲还等什麼纔我不好誰叫你們瞎了眼三求四
告的跪了我們家作什麼去了這會子人也來了金
的銀的也賸了畧有眼睛鼻子的也霸占去了該擠
發我了一面哭喊一面滚揉自已拍打薛蟠急的説
又不好劝又不好打又不好與告又不好只是出入

咳聲嘆氣報怨説運氣不好當下薛姨媽早被宝釵
劝進去了只命人來賣香菱宝釵笑道咱們家從来
只知買人不知賣人之説媽可是氣的糊塗了倘或
呌人听見豈不笑話哥嫂子嫌他不好留着我使喚我
也正没个人使呢薛姨媽恨道留下他还是淘氣不
如打發了他干净宝釵笑道跟着我也是一樣香菱
早已跑到薛姨媽跟前痛哭哀求只不願出去情愿
跟着姑娘薛姨媽也只得罷了自此後香菱果跟着宝

釵在園里去了把前面路逕竟斷絕雖然如此終不免對月傷情挑灯自嘆本来怯弱雖在薛蟠房中几年皆由血分中有病是以並無胎孕今復加以氣怒傷感内外折挫不堪竟釀成乾血之症日漸羸瘦作燒飲食懶進請醫胗視吃藥亦不効驗那時金桂又吵鬧了数次氣的薛姨媽母女惟暗中垂泪怨命而已薛蟠曾仗着酒胆挺撞過兩三次持棍欲打那金桂便遞與他隨意要打這裡持刀欲殺時便伸與他脖項

薛蟠也寔不能下手只得乱鬧一陣罷了如此習慣成自然金桂反越發長了威風薛蟠越發軟了氣骨雖是香菱猶在却亦如不在的一般縱不能十分暢快也就不覺礙眼了且姑置不究如今又漸次尋趁宝蟾宝蟾却不比香菱的情性最是个烈火乾柴既和薛蟠情投意合便把金桂忘在腦後（妙所謂天理还報不爽）近見金桂又作踐他〻便不肯低服容讓半点兒先是一冲一撞的拌嘴角口後來金桂氣急甚至於罵

再至厮打他雖不敢逐言逐手便大撒潑性拾頭打滚尋死覔活晝則刀剪夜則繩索無所不鬧薛蟠此時一身難以兩顧惟徘徊觀望於二者之間十分鬧的無法便出門躲在外廂金桂不發作性氣有時歡喜便糾聚衆人來鬭紙牌擲骰子作樂又生平最喜啃骨頭每日務要殺鷄鴨將肉賞人吃只单以油炸焦骨頭下酒吃不奈煩或動了氣便肆行海罵說有別的忘八粉頭樂的我為什庅不樂薛家母女捴不

理他薛蟠亦無別法惟日夜悔恨不該娶這絞家星罷了都是一時沒了主意於是寧榮二宅上上下下無有不知無有不嘆者此時寶玉已過了百日出門行走亦曾過來見過金桂舉止形容也不怪厲一般是鮮花嫩柳與衆姐妹不差上下的人虧得這樣情情性可謂奇之至極（別書中形容妬婦必曰黃髮黧容豈不可笑）因此心中納悶這日與王夫人請安去又正遇見迎春奶娘來家請安說起孫紹祖甚屬不端姑娘惟有背地里

滿眼落泪的只要接了來散誕兩日王夫人因說我
這兩日正要接他去只因七事八事都不遂心草蛇灰線後
文方後不見突然所以就忘了前兒宝玉去了回來也曾說
過的補明明日是个好日子就接他去正說着賈母打
發人來找宝玉說明兒一早往天齊庙还愿去宝玉
如今爬不得各處頑〻見如此喜的一夜不曾合眼
盼明不明的次日一早梳洗穿帶已畢隨了兩三个
老媽〻坐車出西城門外天齊廟來燒香还愿這廟

裡已是於昨日預備妥當的宝玉天性怯不敢近神鬼猙獰之像這天齊廟本係前朝所修極其閎壯如今年深歲久又極荒凉裡面泥胎塑像皆極其凶悪是以忙忙的焚過紙錢馬錢粮便退在道院歇息一時吃過飯衆嬷嬷和李貴等人圍隨宝玉到各處散誕頑耍了一回宝玉困倦復回至静室安歇衆嬷々生恐他睡着了便請了當家的老道士姓王的陪他說話兒這道士專意在江湖上賣藥弄些海上方治人

射利這廟外現掛着招牌丸散膏丹色色俱備亦長
在寧榮二宅走動熟慣都與他起了渾名叫作王一
帖言他膏藥最驗只一貼百病皆除之意當下王一
帖進來宝玉正要在炕上想睡李貴等正說哥兒別
睡着了廝混着看見王一帖進來都笑道來的好王
師傅你極會說古記的說一个與我們小爺听听王
一帖笑道正是呢哥兒別睡仔細肚子裡麵觔作怪
說着滿屋裡人都笑了王一貼又與張道士遥遥一對時犯不犯宝玉也

笑着起身整衣王一貼命徒弟們快泡好釅茶來茗
煙道我們爺不吃你的茶連這屋裡坐着嫌膏
藥氣息呢王一貼笑道没當家花拉膏藥從不拿進
屋裡來的知道哥兒今日必來頭三五天就拿着香
燻了又燻的宝玉道可是呢天〻只听見你的膏藥
好到的治什病王一貼道哥兒若問我的膏藥說來
話長其中細理一言难盡共藥一百二十味君臣相
濟賔客得宜温凉兼用貴賤殊方内則調元補氣開

胃口氣養榮衛寧神安息去寒去暑化食化痰外則
和血脉舒筋絡去死肌生新肉去風散毒其効如神
貼過的便知宝玉道我不信一張膏藥就治這些病
我且問你到有一種病可以貼的好麼王一貼帖道百
病千災無不立效若不見效哥兒只管揪着鬍子打
我這老臉拆我這廟何如只説出病源來宝玉笑道
你猜若猜的着便貼的好了王一貼帖听了尋思一會
笑道這到难猜只怕膏藥有些不靈了宝玉命李貴

等且都出去散〻這屋裡人多越發熏臭了李貴等听說都出去自便只留茗煙一人這茗煙手內点着一枝梦甜香宝玉命他（王一帖）坐（于）身旁却倚在他身王一帖心有所動四（四字好篤端生于心〻耶則意在于財）便笑嘻〻走近前來悄〻的說道我可猜着了想是哥兒如今有了房中事情要滋助的藥可是不是話猶未完茗煙先喝道該死打嘴宝玉忙猶未解（未解妙若解則不成文矣）忙問他說什什庅茗煙道信他胡說唬的王一帖不敢再問只說

哥兒明說了罷宝玉道我問你可有貼女人的妬病没有千古奇文寳語仍帰縮結至上半回正文細密如此王一貼〔帖〕听說拍手笑道這可罷了不但說没方子就是听也没听見過宝玉笑道這樣还筭不淂什庅王一貼〔帖〕又忙道這貼妬的膏藥到没經過到有一種湯藥或者可醫只是慢些些兒不能立竿見影的效驗宝玉道甚庅湯藥怎庅吃法王一貼〔帖〕道這叫作療妬湯秋梨一个二錢氷糖一錢陳皮水三鍾梨熟為度每日清早吃一个梨吃

來吃去就好了宝玉道這也不值什庅只怕未必見
效王一帖道一劑不效吃十劑今日不效明日再吃
今年不效吃到明年橫豎這三味藥都是潤肺開胃不
傷人的甜絲絲止咳嗽又好吃〻過一百歲人橫竪
是要死的死了还妬什庅那時就見效了如此科諢
一收方為奇趣之至
說肖宝玉茗烟都大笑不止罵油嘴的牛頭王
一帖笑道不過是閑肖解午肶罷了有什庅関係說
笑了你們就值錢實告訴你們說連膏藥也是假的

我有真藥我吃了作神仙呢有真的跑到這里來寓意
深遠在此數語
正說着吉時已到宝玉出去焚化錢粮散福
功德已完方進城回家那時迎春已來家好半日孫
家的婆娘媳婦等人已待過吃飯打發回家去了迎
春方哭〻泣〻的在王夫人房中訴委曲說孫紹祖
一味好色好賭酗酒家中所有的媳婦丫頭將及淫
遍略勸過兩三次便罵我是醋汁子老婆擰出來的
奇文奇罵為迎春一哭又為榮府一哭恨薛蟠何等
剛霸偏不能以此語及金桂使人忿〻此書中全是

不平又全是意外之料又說老爺曾收着他五千兩銀子不該使了他的如今他來要了兩三次不得他便指着我的臉說道你別合我充夫人娘子你老子使了我五千兩銀子把你準折賣給我的好不好打一頓攆在下房裡睡去當日爺爺在時希圖上我們的富貴赶着相與的論理我合你父親是一倍如今強壓我的頭小了一輩又該作了這門親到沒的叫人看着赶勢利似的不通可笑遁辭如聞一行說一行哭嗚嗚咽咽連王

夫人並姊妹無不落淚王夫人只得用言語劝解已是如此這不曉事的人可怎庅樣呢想當日你叔〻也曽劝過大老爺不叫作這門親的大老爺執意不听一心情愿到底作不好了我的兒也是你的命迎春哭道我不信我的命就這們苦從小兒没了娘幸過叔嬸這边來過了几年心净日子如今偏又是這庅个結果王夫人一面劝解一面問他隨意要在那里安歇迎春道乍〻的離了姐妹們只是眠思夢想

二則还記掛着我的屋子还得在園子裡舊房子裡
住个三五天死也甘心了下次还得住不淂住了呢王
夫人忙劝道快休乱說不過年輕的夫妻們鬥牙鬥
齒的亦是人〻的常事何必說這喪話仍命人忙〻
的收拾紫菱洲房屋命姐妹們陪伴着解釋又分付
宝玉不許在老太〻跟前走漏一些風聲倘或老太
太知道了這些〻事都是你說的宝玉唯〻所命迎春
是夕在舊館安歇衆姊妹了妳等更加親熱異常一

連住了三日纔往邢夫人那边去先辭過賈母王夫人薛姨媽等劝解方止住了過那边去又在邢夫人處住了兩日就有孫紹祖的人來接去迎春雖不願意去無柰惧孫紹祖之強只淂免強忍情作辭去了邢夫人本不在意也不問其夫妻和睦家務煩难只面情塞責而已要知端的且听下回分解